Das Fallengesetz

für Thomas J. Hauck mit
einem großen Dank für die
Vermittlung zu diesem
Verlag mit dem Namen,
der den Wollpetinger auf
Pommersche Art variiert.
und gerade im Darwinjahr
das Zwerchfell reizt.
Ohne Dich wär das Buch
nicht entstanden - Du
hast dafür die uneingeschränkte
und Dich bis ans Ende der
Welt tragende Anerkennung
Berghs _ und die von Monte

13.3.2009 Leipzig, Marienbrunn

© mueckenschwein 2009
1. Auflage
Autor: Radjo Monk
Illustrationen: Radjo Monk
Layout & Satz: Wiebke Zillmann
Gesetzt aus: Adobe Jenson

ISBN 978-3-936311-58-7

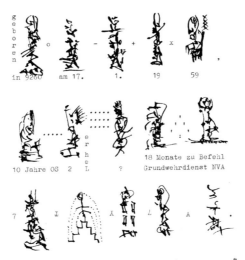

erste Veröffentlichung von Gedichten 76. später gab es
dazu aus noch ungeklärten Gründen immer seltener 1
Gelegenheit. kontinuierliche Arbeit an meinem Sprach-
flöz seit 8o. ab 84 ansässig in Leipzig. ab 87 Zusammen-
arbeit mit Edith Tar. ab 91 freie Mitarbeit innerhalb des
Mediums Rundfunk.
Produktion eigner Hörstücke. Prosa. immer wieder ein Hang
zu Experimenten. Paracelsus, Regentage & Wirtshäuser sind für
mich noch immer faszinierend. genauso wie der Satz von der
Energieerhaltung.

DAS FALLENGESETZ

Lesestück nach dem gleichnamigen Theaterstück von Radjo Monk
mit Illustrationen des Autors

Herausgegeben von Edith Tar

Vorbemerkung

Am 13. April 1992 erreichte ein Erdbeben im Rheinland den Wert 5,5 auf der Richterskala.
In Italien flog die Luftwaffe Einsätze gegen die Lavaströme des Ätna, und in Russland trat die Regierung zurück.
Zwei Tage wurde in Mitteldeutschland ein Phänomen beobachtet, über das allerdings keine Zeitung berichtete: für Stunden trieb eine Wolke über der Leipziger Tieflandbucht, die einem weißen Nebel glich. Im Übrigen war der Himmel blau, und die Luftfeuchtigkeitsmesser zeigten keine von der vorangegangenen Sonnenscheinperiode abweichenden Werte.
Die einen verglichen später die weiße Wolke mit einer Waschküche, andere, Freunde der Alpinistik zumeist, fühlten sich auf den Grat eines Hochgebirges versetzt. Diejenigen, die weder Waschküchen kennengelernt haben, noch das Hochgebirge, hielten die Erscheinung einfach für eine Art geruchlosen Smog.
Das Phänomen wäre heute längst in Vergessenheit geraten, wenn nicht nach kurzer Zeit schon einige Personen, die offenbar empfindlich reagierten, Veränderungen an sich selbst feststellen mußten, die sie zunächst irritierten und in der Folge ihr Leben massiv veränderten.
Die beobachteten Symptome sind vielfältig, die auffälligsten sollen kurz genannt werden:

1. Erhöhte Konzentrationsfähigkeit auf Dinge und Zusammenhänge, die vorher als banal oder bedeutungslos beurteilt worden waren.
2. Erhöhte Bereitschaft, auch in größeren Menschenansammlungen (Talkrunde, Sitzung, Stammtisch etc.) zu schweigen, einhergehend mit einer bis ins schmerzhafte gesteigerten Sensibilität im Gebrauch der Muttersprache.
3. Verschiedene Arten von Prioritätsverschiebungen, die auch als individuelle Paradigmenwechsel gedeutet werden können.

Betroffen zeigten sich Personen, die aus sehr unterschiedlichen sozialen Schichten kommen und normalerweise - d.h. solange sie gesellschaftlich normierte Verhaltensstrukturen innerhalb der sozialen Hierarchie folgten - nichts miteinander zu tun haben.
Einige Betroffene interpretierten dieses sonst eher von Soziologen beachtete Regelwerk der Gesellschaft als gezielte Zersetzung des grundsätzlichen Menschenrechts auf Freiheit, Gleichheit und Brüderlichkeit.
Manche gehen sogar weiter zur Behauptung, die Normalität des Alltags sei im Grunde die obskurste Anhäufung paranormaler Phänomene, die sich vorstellen ließe.
Viele Betroffene haben sich in einem, wie sie es nennen, *Komitee zur Bewahrung der Gegenwart* zusammengeschlossen.

Als ihre Hauptaufgabe betrachten sie es, alles zu dokumentieren, was mit den Vorfällen um den 13. April 1992 im Zusammenhang steht.
Sie verstehen sich als Aufklärer, halten sich aber, was die Medien betrifft, weitgehend bedeckt, da sie eine Diskreditierung ihrer Arbeit befürchten.

Besonderen Dank für die Zurverfügungstellung des hier vorliegendes Berichtes, der sich mit einem konkreten Fall beschäftigt, gilt einem Mitglied des *Komitees*, das seit der Konfrontation mit jener weißen Wolke den Namen Elfrieda Walter angenommen hat.

Die Herausgeberin.

Vorbemerkung des Komitees zur Bewahrung der Gegenwart

Wir haben ein Kommunikationssystem entwickelt, das es uns erlaubt, mit all jenen Kontakt zu haben, die von der Aprilwolke betroffen sind.

In unserer Gruppe arbeiten mittlerweile 24 Personen.
Wir geben uns nicht namentlich zu erkennen, weil wir wissen, daß wir damit unsere Arbeit nur gefährden würden.
Zu einer Veröffentlichung haben wir uns erst entschließen können, nachdem wir feststellen mußten, daß die Zahl der Betroffenen, die außerhalb des von uns entwickelten Kommunikationssystems leben, viel höher ist als ursprünglich angenommen.
Für diese Personen wollen wir mit dem vorliegenden Bericht ein Zeichen setzen.

Der hier vorgestellte Fall des Dr. Thordock bedarf einer kurzen Erläuterung.
Dr. Thordock ist promovierter Physiker, verheiratet, kinderlos. Er besaß einen Schrebergarten, galt als Opernliebhaber und schätzte Konversation. Wir können ihn charakterisieren als einen Vertreter der im Verschwinden begriffenen Spezis des Bildungsbürgers.

Zum Zeitpunkt unserer Aufzeichnungen war er 47 Jahre alt.
Unsere Aufzeichnungen beginnen am Morgen nach dem Erscheinen der Weißen Wolke.
Da unser Kommunikationssystem zu diesem Zeitpunkt nicht entwickelt war, mußten wir die Anfänge rekonstruieren.
Der Weg Dr. Thordocks aus seiner sozialen Höhle heraus in das unwegsame Gelände einer Mission, die sein Leben von einem Tag zum anderen neu bestimmte, ist der erste Dokumentationsversuch unserer Gruppe, der als nahezu lückenlos bezeichnet werden darf.

Wir weisen abschließend daraufhin, daß der von Dr. Thordock entdeckte Schlüssel *Kerqh* einzig und allein etwas mit seinem subjektiven Sprachempfinden zu tun hat und nicht in Beziehung zu bringen ist mit dem Wirken des Komitees.
Er ist weder identisch mit dem Kommunikationsschlüssel, über den unser Komitee verfügt, noch wird es von uns für möglich gehalten, daß der von Dr. Thordock gefundene Schlüssel von einer zweiten Person verwendet werden kann.

Komitee zur Bewahrung der Gegenwart

1. Aufzeichnung: Dr. Thordocks Frühstück

Noch im Schlafanzug, der um Bauch und Schulter etwas spannt, steht Dr. Thordock im Bad vor dem Spiegel und erledigt die morgendliche Rasur. Dabei gehen ihm wie stets Gedanken durch den Kopf, die um diese Zeit noch nichts von ihrem Ziel wissen; einige sind in Regenmäntel gehüllt, andere tragen Latzhosen, und ein paar ganz Verwegene bewegen sich auf Rollschuhen rückwärts.

Thordock: *Mein Lehrer hat oft gesagt: du mußt dich fallen lassen, dann funktioniert es, Konzentration ist die Hauptsache. Oder hat er gemeint, ich solle das, was ich haben will, fallen lassen. Weiß nicht mehr so genau. Wieso denk ich überhaupt an diesen steifen Besserwisser, dieser humorlose Weichklopfer. Dann funktioniert es. Ihm ging es immer nur um die Funktion. Alles mußte funktionieren - oder verschwinden. Ihm hätte es mal einfallen sollen zu fragen, wohin das, das seiner Meinung nach zu verschwinden hatte, verschwunden ist. Also. Die Grundidee für meinen Vortrag war...*

An dieser Stelle fügt sich Dr. Thordock, der Trockenrasierer verabscheut, eine schon fast rituell zu nennende Schnittverletzung an der linken Wange zu.

Thordock: *Mist. Gestern wußte ich's doch noch, mir war da kurz vor dem Einschlafen eine blendende Idee gekommen. Aber dann bin ich ganz ruhig eingeschlafen. Das liegt am kalten Wasser. Man soll sich eben nicht kalt waschen nach dem Aufstehen. Idiotische Erziehung. Das macht dich munter, sagte mein Vater, und begründete diesen Zynismus auch noch mit Energieeinsparung.*
Energie...
Ah - das war's: Energie geht nicht verloren! Ja. Wie hieß doch das Ding gleich, dieser Satz, nicht der erste Satz a-Moll - der Energieerhaltungssatz, natürlich, du Einfaltspinsel, schick deinem Gedächtnis mal ein paar Kalziumblumen. Kennt schließlich jedes Schulkind.
Wenn ich das sage, weiß gleich jeder, wohin der Hase läuft. Allgemeinverständlich. Ich sage also: Meine Damen und Herren....
Ja, genau das sage ich, so fange ich an, wie immer. Und dann sprech' ich über Energie. Was ist Energie? Das Nichts, meine Damen und Herren, ist potentielle Energie.
Das sollte uns optimistisch stimmen.

Während er sich den Schaum aus dem Gesicht spült und mit zusammengekniffenen Augen nach dem Handtuch fingert:

Thordock: *Wie ich das frühe Aufgestehe hasse, das kalte Wasser. Steuerabrechnung. Terminkalender. Diese interessierten Gesichter und das ganze dämliche Getue im Foyer...*

Bis hierhin hat sich noch kaum etwas ereignet, was sich nicht so oder so ähnlich jeden Morgen abspielt. Als er den Schlafanzug mit dem blauen Morgenmantel vertauscht hat und zur Zahnbürste greift, hört er eine Stimme. Er vermeint jedenfalls, eine Stimme zu hören, denn er wendet sich um und geht, da er niemanden sehen kann, was ihm den Anflug eines Fröstelns über die Haut treibt, in den Korridor, von da in die Küche, stellt die Kaffeemaschine an, wohl mehr um sich abzulenken, um dem Ungewöhnlichen das Gewöhnliche entgegenzusetzen, nach wie vor die Stimme hörend, die zwei oder drei Armeslängen von ihm entfernt zu sein scheint, egal, wohin er auch geht, die Entfernung des unsichtbaren Sprechers - oder ist es eine Sprecherin mit einer dunklen Stimme, nein, eher die eines Mannes - zu ihm verändert sich nicht.

Stimme: *...möchte als Trickfilmfigur schwarzweiß bommeln durch die Einbahnstraße meiner Biographie. Im Schmierfilm Niesel möchte ich der Hauptheld sein. Und wenn ich handel, will ich mit Verlaub Laub handeln.*

Ich möchte sitzen auf der Nebelbank und wenden Blatt für Blatt und auf jedem Blatt ein anderes Humuszeichen lesen.

Dr. Thordock, der schließlich stehen geblieben ist, um herauszufinden, ob die Stimme möglicherweise verschwindet, sobald er nicht mehr nach ihrer Quelle sucht, hat die letzten Sätze deutlich verstanden und kratzt sich dem Hinterkopf. Er wartet, aber es bleibt still, nur aus der Küche dringt das Blubbern der Kaffeemaschine. Schließlich wagt er vorsichtig einen Schritt, gefaßt darauf, die Stimme wiederzuhören. Kein Laut.
Er wagt einen zweiten Schritt, wieder bleibt alles normal.
Blödsinn, sagt er sich, und kehrt zurück ins Bad.

Thordock: *Mein Alltag hat absolut nichts mit dem All zu tun. Aber darunter leide ich nicht. Ich muß mich auf den Vortrag konzentrieren. Worunter ich leide ist, daß Leiden-an-sich zu den Kulturkreis gehört, in dem ich lebe.*
Der Nordmensch muß leiden.
Der Südmensch darf tanzen und kann ausschlafen.
Der Westmensch ist vernünftig. Er tanzt zwar nicht und steht ebenfalls früh auf, aber er leidet nicht, denn Vernunft schließt Leiden aus.
Und der Ostmensch... Nun, das ist etwas anderes. Der Ostmensch schläft aus, tanzt - und leidet trotzdem. Typisch. Liegt sicher daran, daß die Ostmenschen

zuerst den Norden besiedelt haben, der ursprünglich menschenleer war. Leidensfreie Zone sozusagen.

Während der Völkerwanderung müssen diese Ostmenschen, die ja eigentlich Nordmenschen waren, etwas erfahren haben über das Ausschlafen und Tanzen - wahrscheinlich sind sie, bevor sie nach Osten schwenkten, zuerst tief in den Süden gezogen. Sie haben Ausschlafen und Tanzen gelernt, aber dennoch verlernten sie nie das Leiden.

Das bringt Konflikte, logisch.

Ich merk es doch an mir: ich leide darunter, früh aufstehen zu müssen. Der ganze Osten leidet darunter. Und dann sind die Meisten unleidlich, klar. Und keiner kommt auf die Idee, ein bißchen zu tanzen, denn Tanzen macht nur Spaß, wenn man ausgeschlafen hat.

Und dann leide ich ganz speziell darunter, jeden Tag über dasselbe sprechen zu müssen. Die Worte höhlen mich aus. Je öfter ich sie sage, desto größer wird die Leere in mir. Ein furchtbares Loch, schlimmer als das Ozonloch.

Dr. Thordock hat sich angekleidet, tritt an das Küchenfenster und legt die Hand auf den Knauf. Mit einem Ruck dreht er ihn nach rechts und öffnet einen Flügel. Über den Dächern hat sich eine Art Nebel ausgebreitet und füllt die baumlose Straße. Dr. Thordock atmet tief durch und spinnt seine Gedanken weit.

Thordock: *Man könnte doch andere Worte nehmen. Es gibt so viele Worte beispielsweise für Energie. Energie - das Wort steht auf der Hitliste der Maulsperrenverursacher gleich nach Konzept und wird dicht gefolgt von Struktur. Man könnte doch andere Worte nehmen. Natürlich nicht Sonne für Butter oder Stempel für Energie oder Stuhl für Flugzeug, das würde alles nur noch mehr durcheinanderbringen. Aber ein Wort, das es noch nicht gibt....Kerqh beispielsweise.*

Offenbar fasziniert von dieser Idee, steht er eine Weile regungslos, bevor er das Fenster wieder schließt. Im Falle Dr. Thordocks war dies der entscheidende Moment, der sein Leben verändern sollte. Ein Moment, der für ihn ebenso erleuchtend war wie Jakob Böhmes Blick in die Schusterkugel. Und für den Augenblick erfasst er gar nicht die Tragweite des Ereignisses, denn noch immer versucht er seine Gedanken einzuordnen in den Rahmen des Vortrages, den er heute halten würde.

Thordock: *Kerqh, meine Damen und Herren, ist gut. Das Wort ist noch völlig frei und von keinem Unsinn besetzt. Und das gibt Sinn. Es hat einen Sinn in dem Sinn, daß der Sinn erst herausgefunden werden muß. Oder hineingefunden. Egal. Nehmen wir mal an, ich setze Kerqh für Energie, dann ändert sich der Sinngehalt des folgenden Satzes:*

Sehr verehrte Damen und Herren, achten Sie stets darauf, wenn sie Kerqh verbrauchen, daß Sie dicht sind - äh, Ihre Türen und Fenster natürlich. Dabei ist unklar, ob es sich bei diesem Wort um ein Substantiv, ein Tätigkeitswort oder den vierten Artikel handelt. Aber das macht die Sache spannend. Ein Wort, das noch keine Sinnbindung kennt. Ob ich darüber überhaupt sprechen sollte? Vielleicht nicht. Vielleicht ist es noch zu früh? Die Iren sagen: wenn du ein fliegendes Schwein siehst, halt's Maul. Und die Iren leben im Norden, die müssen das wissen. Ist Kerqh ein fliegendes Schwein?
Darüber muß ich wirklich nachdenken. Aber was ist Denken? Nur ein chemischer Prozeß, bei dem Energie zugleich verbraucht und freigesetzt wird?

Gekleidet in seinen grauen Anzug tritt Dr. Thordock in den Korridor, an dessen Ende die Tür zu seinem Arbeitszimmer offen steht. Er sieht, wie eine Frau in einem roten Kleid Bücher aus dem Regal nimmt und in einen Wäschekorb stapelt.
Ganz versunken in seine Idee, nimmt er zwar das Bild wahr, die darin enthaltene Information jedoch erschließt sich ihm nicht.

Er verläßt die Wohnung, um die Tageszeitung aus dem Briefkasten zu holen. Im Treppenhaus begegnet ihm Herr Nostradamos, ein erst vor wenigen Wochen zugezogener Gastarbeiter aus Griechenland.

Thordock hält ihn für einen komischen Kauz, vor allem, weil dieser stets einen grünen Schlapphut trägt. Es würde ihm allerdings im Traum nicht einfallen, seinen Hausgenossen daraufhin anzusprechen, denn Dr. Thordock schätzt Diskretion und Manieren.
Guten Morgen, sagt Dr. Thordock, als er an ihm vorbeigeht.
Herr Nostradamos nuschelt etwas in seinen schwarzen Bart, eilt die Treppe hinab und deklamiert:

Der Raubvogel am Himmel ist dabei, sich selbst zu opfern!

Dr. Thordock bleibt stehen und schaut dem Mann hinterher.
Er fragt sich, wo der Grieche so gut deutsch gelernt haben mag, und ob es in Griechenland vielleicht Sitte ist, den anderen beim Grüßen nicht anzuschauen.
Als Thordock den Briefkasten öffnet, fällt ein Couvert zwischen seine Füße, die in karierten Hauspantoffeln stecken. Er bückt sich, hebt den Brief auf und öffnet ihn, nachdem er festgestellt hat, daß kein Absender angegeben wurde. Er faltet ein formloses Blatt auseinander und liest:

Trinken Sie niemals vom Zeitwein!
Essen Sie auf keinen Fall vom Brot der Börse!

Richten Sie Ihren Biorhythmus nicht ab auf den Takt von Gewinnausschüttungen!
Lassen Sie sich weder von Zuwachsraten noch von Haushaltsdefiziten kontrollieren!
Wenn Sie Applaus spenden, dann ausschließlich den passionierten Unterhaltungskünstlern in des Arbeitsamtes Korridoren!
Hüten Sie das Geheimnis der letzten Marktlücke wie Ihren Augapfel und weigern Sie sich konsequent, eine Lebensversicherung aufzuschließen!
Kurz: Sie sollten als notorischer Blindgänger immer in der Hoffnung leben, daß niemand aus Versehen auf Sie tritt!

Sieben auf einen Streich, denkt sich Thordock, nachdem er die Ausrufezeichen im Text gezählt hat, und ist völlig sicher, daß seine Studenten hinter diesem Schriftstück stecken. Zurückgekehrt in die Wohnung, reißt Thordock, was er jeden Morgen nach dem Briefkasten tut, das Blatt vom Kalender. Er dreht das Blatt mit der rot gedruckten 18. um, denn er schätzt die sinnigen Sprüche, Binsenweisheiten oder harmlosen Witzchen, die dort zu lesen sind. Er liest:

Übergossen mit Knochenleim wälzt die Zukunft sich im Stundenstaub. Siebenmal wird uns die Himmelshaut abgezogen werden.

Fluglinien: Seismographien vor dem letzten Beben.
Unsere Gedankengebäude wie leere Container im Hafen gestapelt,
Todeskammern ohne Klinken.
Ausgegossen das Blau aus dem Reagenzglas Seele,
ein von sprechenden Fischen noch zu besiedelndes Meer.
Wortlaut zerfressener Gesetze, in Lösungen konserviert
der Hohlmuskel Herz.
Die Federleichten nur werden den Sturm überspeh'n.
Niemand wird die weggeworfenen Aktentaschen zählen,
niemand die pränatalen Einschüsse.

Dr. Thordock murmelt etwas Unverständliches, zerknüllt das Kalenderblatt in der Hand und läßt es neben dem Radio fallen, das er anschaltet, um die Nachrichten zu hören, wie es seine Gewohnheit ist.

Nachrichtensprecher:
Für die Mehrheit der Weltbevölkerung wird die Lage jeden Tag beschissener. Deshalb hat *Kerqh* vorgeschlagen, ein großes geistiges Klärwerk zu bauen. Dagegen gibt es allerdings Widerstand auf Regierungsebene bis hinunter zum Lokalreporter, denn in diesem Fall würden sie, so ihr Argument, ihre Jobs verlieren.

Der Präsident von Klobalien, der sein Volk mit „liebe Scheißerle" anzusprechen pflegt, verhängte persönlich ein Informationsembargo für alle Nachrichten von und über *Kerqh*. Seitdem floriert jedoch der Schwarzhandel mit Halbwahrheiten. Und viele große Tageszeitungen sind dazu übergegangen, ihre Druckerzeugnisse so zu produzieren, daß sie gleichzeitig dem steigenden Bedarf an Wegwerfwindeln Rechnung tragen. Die Mehrheit der Weltbevölkerung hat diesen Beitrag zur Krisenbewältigung inzwischen dankbar angenommen. Wie ein Sprecher der Initiative „Windeln Für Alle" mitteilt, sei damit nun ein wirksames Mittel gegen den Kleckereffekt gefunden, der vor allem bei Protestmärschen fatale Auswirkungen gezeigt habe.

Auf die Nachrichten, denen Dr. Thordock, in der Zeitung blätternd, keine Aufmerksamkeit geschenkt hat, denn wie bei jedem Ritual ist ihm die Form Erfüllung genug, und also genügt ihm die Stimme des Sprechers, die Vibration im Raum, der Rhythmus der Worte - den Nachrichten folgt die morgendliche Kolumne, die heute der Entdeckung Amerikas vor 400 Jahren gewidmet ist.

Radiostimmen: (2 männliche, 1 weibliche Stimme):
- Am Anfang war die Zwiebel.

- Nein, am Anfang war der Topf.
- Iß nur iß.
- Und dann kam Kolumbus mit einer Kartoffel zurück.
- Aber.
- Schmeckt's?
- Die Preußen wurden aggressiv von der Knolle. Andernorts wurde der Anbau dieser Frucht verboten, aber der Alte Fritz erließ eine Ordre zu ihrem Anbau.
- Aber am Anfang war doch der Topf.
- Der Mensch muß essen.
- Sie mutierten unter dem Einfluß des Nachtschattengewächses und zerschlugen später alles, was sie eingekocht hatten.
- Ein großer Topf aus Bronze war es.
- Was war denn in diesem Topf drin?
- Besonders gern zerschlugen sie rohe Eier.
- Und im Topf war Leere.
- Zuviel Eier sollen ja bekanntlich - (Gekicher).
- Und das ging solange weiter, bis man anfing, Reis einzuführen.
- Zubeißen und schlucken.
- Darf's noch etwas sein?
- Und da wagte man einen Neuanfang.

- Man schälte die Zwiebel
- und tat einfach so, als habe es Amerika vor seiner Entdeckung gar nicht gegeben.

Offenbar liest Dr. Thordock weder die Zeitung, noch hört er Radio.
Er sitzt am Frühstückstisch und denkt über das Wort nach, das noch keine Sinnbindung kennt. Er versucht sich vorzustellen, wie es aussehen könnte, was es tun könnte, wie groß es sein könnte, ob es eine Wohnung hat oder nicht etc. Er nimmt nicht wahr, daß eine Frau im roten Kleid den Kühlschrank ausräumt und hört auch nicht, wie sie vor sich hin trällert.

Frau im roten Kleid:
Schritten wir in lichten Moment
mutig doch ins Dunkel doch im Dunkel
hat das Schwein sich sitzen lassen
und greift nicht die Sach
über'n Kopf trägt er noch einen
Kopf und darunter trägt er nichts
als Hemden ich ihm wusch
war er nackt und bloß
ein Steuerzahler

Kerqh ist Zuhause wo Herzen aus Seife sind & wäscht sich

im Staub der Geschichte
seine verzettelten Tage hinterlassen Löcher & Lücken

im Gedächtnis oder liegen als Konfetti herum im Großraum
Büro der Endzeittechnologen

2. Aufzeichnung: Auf dem Weg zur Arbeit

Inzwischen hat Dr. Thordock sein Frühstück beendet, die Manuskripte in die Aktentasche gepackt, Hut und Mantel von der Garderobe genommen und ist auf die Straße getreten.

Kaum fällt das Morgenlicht auf ihn (zu diesem Zeitpunkt war die weiße Wolke in jenem Teil der Stadt bereits verschwunden), fühlt er sich beschattet.

Nicht ganz zu Unrecht, wie sich herausstellen wird, denn es ist doch selbstverständlich, daß ein Physiker vom Format Thordocks als potentieller Geheimnisträger vom Sicherheitsdienst überwacht wird.

Der mit diesem Auftrag betraute Mann sitzt in einem parkenden Auto, scheinbar mit der Reparatur des Radios beschäftigt, in Wirklichkeit jedoch neueste Erkenntnisse weiterleitend.

Geheimagent:

Position X + 7. Unser Mann verläßt das Haus. Er hat noch Zeit bis zum nächsten Auftritt.

Folge ihm langsam. Gehe auf Position X + 1.

Aus dem Radiolautsprecher meldet sich eine schnarrende Stimme.

Stimme: Haben Sie die Anweisung ausgeführt und seine Krawatte präpariert?

Agent: Ausgeführt.

Stimme: Sehr gut. Erkenntnisse?

Agent: Nur Gebrabbel. Gestern Abend hat er sich beschwert, daß die Menschheit nun schon 2000 Jahre und länger an einem selbstgestellten Rätsel namens Gott herumoperiere, nach dem jüdischen Kalender wären es sogar schon 5752 Jahre. Hat überlegt, wie er seinen nächsten Vortrag beginnt. Kam dabei zu einer Einsicht, die möglicherweise eine Verschlüsselung seiner nächsten Schritte darstellt, und deshalb für uns von besonderem Interesse sein könnte. Er meinte, er lebe in den Regionen einer geistigen Vegetationsgrenze, wo sich Erde und Himmel nackt gegenüberstehen. Eine Region, in der es kein Oben und Unten mehr zu geben scheint, und wo er sich mit einem einzigen Wort zufrieden gegeben würde, wenn er sich nur einmal sicher gewesen sein könnte, daß dieses Wort das Erste sei - ein Wort, das nicht verworfen würde. Für ihn wären Worte immer nur wie in den Sumpf der Behauptungen geworfene Hölzer, und er sei sich nie sicher, ob sie ihn tragen. In der Region, in der er sich aufhalte, sei alles, was ihm begegnete, ein Teil seines Wesens. Was ihm begegne, könne sich in jede beliebige Lokalität verlagern.

Die Region der geistigen Baumgrenze sei durchaus keine geographische, sondern eine seelische. Diese Zone zwischen Realität und Wirklichkeit sei beherrscht von Bildern, die sich von ihrer Gleichnishaftigkeit gelöst hätten und langsam, je näher sie der Zeit kämen, frische Farbe annehmen würden.
Stimme: Wir werden das prüfen. Noch was?
Agent: Er meinte, wenn das alles ein Film sei, dann könne er nicht verstehen, warum die Szenen nicht besser arrangiert und geschnitten worden seien. Hat überlegt, ob der Regisseur ein Trottel sei oder ob die Spieler seine Anweisungen nur falsch interpretierten. Kam aber zu keinem schlüssigen Ergebnis.
Stimme: Das kann uns nicht passieren. Dranbleiben. Ende.

Dr. Thordock hat indessen den Linienbus bestiegen und seine Monatskarte empor gehalten.
Er hat keinen Sitzplatz finden können, der Bus ist voll, sein Stehplatz befindet sich unmittelbar neben der Fahrerkabine. Zu seiner Überraschung bemerkt Dr. Thordock, daß der Busfahrer kein anderer ist als sein griechischer Hausgenosse, den er sofort an seinem grünen Schlapphut erkennt. Ach, Herr Nostradamos, Sie sind also Busfahrer von Beruf? Der Angesprochene sitzt würdig auf seinem Fahrersitz, dreht das schwarze Rad nach links, so daß Thordock gegen einen Nebenmann

stößt, und antwortet schließlich: Das, was lebt, und doch keinerlei Sinne besitzt, wird seinen Erfinder umbringen. Dr. Thordock hüstelt verlegen und rückt an seiner Brille.
Im Stadtzentrum steigt er, und sofort fällt sein Blick auf eine Frau, die im morgendlichen Berufsverkehr zu stehen scheint wie ein Fels in der Brandung. Sie trägt ein kariertes Kopftuch, einen blauen Anorak, schwarze Skihosen und weiße Joggingschuhe. In einer Hand hält sie einen Besenstiel, an dessen oberen Ende ein Brett angeheftet ist, auf dem zu lesen steht: Jesus rettet. Mit der anderen Hand verteilt sie Flugblätter unter den Passanten.
Manch einer, so auch Dr. Thordock, greift im Vorbeigehen danach.
Im Weitergehen liest Dr. Thordock:

Sie schlappen durch den Endzeitbrei und genießen die Oper *Operation in fünf Zinssätzen für Bomber & drei Kopfschüsse*.
Zurückgelehnt in die Geheimloge der Steuerzahler, sahnen Sie ab.
Es bereitet Ihnen himmlisches Vergnügen, über gefrorene Prophetien quer durch biblische Gefilde zu schlittern.
Doch auch Ihr Sektglas wird zu Boden fallen.
Der Brei kocht bereits. Der Topf wird anbrennen. Und der Brei wird steigen und steigen.

Und Sie werden zu den Feinden gehören, die überlaufen, um der Mumie der Köchin zu huldigen. Wenn es....

Dr. Thordock zerknüllt das Papier und wirft es in einen Mülleimer, der überquillt von leeren Bierdosen. Wie jeden Tag ist die Innenstadt belebt und frequentiert von ambulanten Händlern. Einer, der Knöpfe, Schuhbeschläge und Büroklammern nach Gewicht verkauft, schreit:

Händler: Im Hauptquartier der Killertauben, die gegen Ostern einen Krieg entführen, wird der Messias mit den heiligen Klappen erwartet. Die sichere Hungerkatastrophe wird nur überleben, wer dann auch genügend Büroklammern in seinen Taschen hat.

Aber auch Künstler beteiligen sich - entgegen des gängigen Vorurteils, sie stünden erst gegen Mittag auf - am regen Treiben. Ein Mann im Frack, der mit blinkenden russischen Orden besetzt ist, geht mit einem Mikrophon in der Faust umher und stellt den Passanten Fragen.

Künstler: Welcher Showmaster legt bunte Eier: A - Rudi Kohl? B- Herbert Blüm oder C -Helmut von der Kippe?

Kaum hat der Künstler seine Frage gestellt, nutzt der ambulante Händler das irritierte Schweigen der Stehengebliebenen, um erneut auf seine Waren aufmerksam zu machen.

Händler: Ja, man streitet noch, ob seine Propheten aus dem Milieu der Pornoproduzenten oder dem der Industriemanager kommen werden. Aber zwischen den Armeen der verschiedenen Ornamente herrscht weitausschreitende Einigkeit über das Erdzeichen, durch das sich seine Ankunft ankündigt: wenn alle Wegwerfdosen mit zunehmender Geschwindigkeit gegen den Wind rollen, ist er nicht mehr fern. Und er wird die Knöpfe segnen und selig werden die sein, die genügend Knöpfe eingekellert haben.

Und dann mischt sich wieder der Künstler ein.

Künstler: Wer, meine Damen und Herren, ist der Begründer der Müllabfuhr? A-James Cock, B-Mick Jagger oder C- Mao Tse Tung?

Bevor auch nur einer der Umstehenden auf die Idee kommen kann, die Frage zu beantworten, schreit der Händler weiter.

Händler: Bis es aber soweit ist, bis die Eier das Schicksal ihrer Becher erfüllen, sorgen die regierenden Koalitionspartner für die Vollbeschäftigung der Briefkästen, schicken sämtliche Entwerter in den Ruhestand und lassen die Plappermentarier auf ihre frühere Zugehörigkeit zum Geheimbund der Ausbrüter überprüfen. Außerdem haben sie den 9. Oktober zum Feiertag der Gänseblümchen erklärt.
Sie sehen also, fast alle Vorhersagen sind eingetroffen. Ob Sie, meine Damen und Herren, auf der Siegerseite der Geschichte stehen werden, entscheiden Sie selbst - indem Sie sich für die richtigen Schuhbeschläge entscheiden, die Sie nur bei mir in der erforderlichen Qualität und zu noch - ich betone: noch - erschwinglichen Preisen erwerben können.

Dr. Thordock bleibt prinzipiell nicht stehen, um Müßiggängern seine Aufmerksamkeit zu schenken, und läßt das bunte Treiben mit forschem Schritt hinter sich, schon bald sein Ziel erreichend.

wenn die Kurse fallen erhebt sich Kerqh aus dem Schoß

der Selbstgespräche & die Königin der Waschmittel

verteilt die Absolution der Phosphatfreiheit

der Himmel ist

eine Seifenblase & schwarzer Schaum sinkt über die
weichgespülten Zuschauer

3. Aufzeichnung: in der Universität.

Im Foyer, auf den Lift wartend, gehen ihm bestimmte Gedanken durch den Kopf:

Warten ist eine ganz spezielle Form der Beschäftigung mit der Zeit.
Die meisten Menschen erleben das Warten als Leerlauf, sie sind Zeitverbraucher.
Wer seine Zeit jedoch nutzt, der kann warten.
Dem Zeitverbraucher wird sein Nichtstun zur Qual, denn er erlebt die Zeit, in ihrer permanenten Hervorbringung von Gegenwart, als eine Strafkolonie dessen, was Ewigkeit genannt wird.
Ewigkeit ist aber nicht das Gegenteil von Zeit.
Warten, als Zustand von Unruhe und Verunsicherung, ist für den Zeitverbraucher eine Art Rache der Zeit für den Mißbrauch bzw. den Verbrauch von Zeit.
Wer im Warten aber die Möglichkeit des Nichthandelns begreift, für den ist Warten ein Zustand innerer Wartung.

Endlich kommt der Lift, die Kabinentür öffnet sich, Dr. Thordock tritt ein und will eben die Taste mit der Zahl 14 betätigen, als er einen Mann auf den Fahrstuhl zueilen sieht, den er zu kennen meint. Mit einer Beinbewegung blockiert er die Lichtschranke der Kabinentür.

Thordock: Ah, mein Hausgenosse, der Mann mit dem griechischen Schlapphut und dem grünen Namen. Sehr angenehm. Ohne zudringlich sein zu wollen, Herr Nostradamos, beantworten Sie mir doch die Frage, welchen Beruf zu ausüben. Sah ich Sie nicht vorhin als Busfahrer? Entschuldigen Sie, wenn ich mich getäuscht habe, eine kleine Unaufmerksamkeit meinerseits, möglicherweise sogar eine Halluzination.
Sicher arbeiten Sie, wie ich, in diesem Haus...

Herr Nostradamos scheint die Gegenwart Dr. Thordocks nicht zur Kenntnis nehmen zu wollen, denn er beobachtet mit erhobenen Kopf die Etagenanzeige im Lift.
Zwischen dem 7. und 14. Stockwerk äußert er sich, ohne sich an Dr. Thordock zu wenden.

Nostradamos: Die Sklaven haben nichts als ihre Lieder, Gesänge, Gebete. Sie werden gefangen gehalten von Fürsten und Herren. Man hält sie für alle Zukunft für kopflose und besonders fromme Idioten.

Obwohl der 14. Stock die letzte Etage des Hauses ist, und obwohl Dr. Thordock seinem Nebenmann den Vortritt lassen möchte, verharrt Herr Nostradamos regungslos auf der Stelle. Dr. Thordock zögert, dann verläßt er die Kabine, deren Tür sich hinter ihm mit einem leisen Summen schließt.
Ein Kopfschütteln unterdrückend, beschließt Dr. Thordock das Verhalten dieses Mitmenschen zumindest unhöflich zu finden.
Angekommen in seinem Arbeitszimmer mit der Nummer 365, nimmt Dr. Thordock an seinem Schreibtisch Platz und notiert zunächst etwas Prosa in sein Heft, das er für solche Fälle stets bei sich hat. Vielleicht wird aus dieser Geschichte einmal ein Krimi, dann würde das für Dr. Thordock die Erfüllung eines Jugendtraumes bedeuten. Vorläufig jedoch sieht er in seinen literarischen Ambitionen nur eine speziell von ihm entwickelte Form des autogenen Trainings.

Eintragung:
Endlich fiel die Tür hinter ihm ins Schloß.
Der Mann, der ihn verfolgte, hatte den Kopf einer Frau schön verpackt unterm Arm. Ihre Leber trug er in einer Aktentasche bei sich. Er stand am Fenster und beobachtete den Organhändler durch die Gardine. Der Mann stand unten am Elbufer und sah aus, als würde er auf ein Taxi warten.

Ihn beschlich das Gefühl, in der Falle zu sitzen.
Falls der Mann ihn töten wollte, wovon er mittlerweile überzeugt schien, mußte er seine Auftraggeber im Städtischen Klinikum suchen.
Aber wie sollte er hier herauskommen?
Er mußte warten.
Und das Warten machte ihn mürbe.
Nach einigen Stunden dämmerte ihm, daß es einen Punkt in der Planung eines Verbrechens geben mußte, hinter dem nicht mehr das ursprüngliche Motiv die treibende Kraft bildet, sondern der Wunsch, das Warten zu beenden.
Es kam ihm vor, als flössen all die endlosen Augenblicke des Wartens in einen Gully.
In seinem Kopf rauschte es wie bei einem Dammbruch.
Dennoch war es beruhigend, in einem geschlossenen Raum zu sein.
Der Mann würde nicht hierher kommen.
Er würde nicht klopfen.
Er würde auch nicht versuchen, die Tür aufzubrechen.
Er würde - warten.

Entspannt lehnt sich Dr. Thordock zurück und schraubt die Schutzkappe auf den Federhalter.

In der Zwischenzeit hat die Reinigungsfrau das Zimmer betreten.
Lächelnd beobachtet Dr. Thordock, wie sie die Aschenbecher säubert und die Gesprächsrückstände vom Vortag zusammenkehrt.
Es fällt ihm nicht auf, daß sie mit der Stimme der Frau im roten Kleid ein Scherzlied trällert.

Reinigungskraft: Warum schaut er immer auf die Uhr
                   so schaut er keine Stunde
                   im Wald der welken Zeiger
                   wird er des Drachens Spur
                   für seine eigene halten

Das Zimmer riecht, wie jeden Morgen, nach abgestandenem Zigarettenrauch.
Um den Ventilator anzuschieben, der seit längerem defekt ist, muß Dr. Thordock, der sich für einen mechanisch begabten Menschen hält, auf einen Stuhl steigen. Da er dies schon oft getan hat, ihm der Vorgang also vertraut ist, haben seine Handlungen durchaus Routine.
Wir müßten solche Nebensächlichkeiten nicht erwähnen, gehörten sie nicht zu den Unerklärlichkeiten, von denen der Wandel im Leben der hier geschilderten Person bestimmt ist, denn genau in dem Augenblick, da er

den von Dunst und Staub vertesteten Plastikflügel anstupst, beginnt der Ventilator zu rotieren, und zwar den Bruchteil einer Sekunde, bevor sein Finger den Flügel berührte. Ob es der Schreck war, oder ob, wie die Sekretärin später vermutete, der Stuhl mit einem Bein auf der am Boden liegenden Tageszeitung stand, wodurch er durch eine unachtsame Gewichtsverlagerung gekippt sei, ließ sich nicht eindeutig klären, fest steht immerhin, daß Dr. Thordock rücklings vom Stuhl auf den Schreibtisch fiel, wobei sein Kopf zwar hart auf der Schreibplatte aufschlug, er jedoch von Glück sagen konnte, daß sein Hinterkopf nicht auf das Telefon prallte.
Dennoch war der Aufprall heftig genug, ihn für kurze Zeit in eine Ohnmacht abtauchen zu lassen.
Über diesen für Dr. Thordock bislang unbekannten und deshalb außerordentlich interessanten Zustand der Bewußtlosigkeit schrieb er später in seinem Arbeitsbuch:
Ich hatte einmal einen Job als Entlüfter im öffentlichen Dienst.
Als gerade einmal keine Werbung im Überwachungsmonitor lief, studierte ich die Boxhandschuhe des Einsatzleiters auf dem Spind unter mir.
Die Studienergebnisse werde ich integrieren in meine vergleichende Untersuchung über Geruchskonserven, die Teil einer breit angelegten Studie sein wird zum Thema „Wie der Staat die Zahnärzte mit Süßigkeiten bevormundet".

Obwohl ich selbst Luft bin, habe ich diesen Job zwei Tage ohne ernste Anzeichen gesundheitlicher Schädigungen machen können und bin dann durch ein streng geheimes Machtvakuum zurückgekehrt in den Hypothalamos der ungeschriebenen Gedichte.

An diesen Aufzeichnungen läßt sich bereits ablesen, wie radikal sich Dr. Thordocks Verhältnis zu seiner Identität durch den Sturz veränderte, doch soll nicht vorgegriffen werden.
Statt eines Vorgriffs zitieren wir noch einmal aus seinen Aufzeichnungen, die er über seine Ohnmachterfahrungen angelegt hat.
Während er im Zustand der Ohnmacht auf seinem Schreibtisch lag, sah er - oder vermeinte es zumindest - zwei Gesichter, die sich abwechselnd über ihn neigten und auf ihn einredeten.
Das eine Gesicht gehörte seinem Grundschullehrer, das andere einer ihm nicht näher bekannten Frau, die ihm jedoch in letzter Zeit häufiger begegnet war, weshalb er sich entschlossen hat, sie einfach als seine *Muse* zu bezeichnen.

Lehrer: Wie viel Kerqh hast du denn heut schon verbraucht? Oder hattest du heute noch keine Gelegenheit? Ein Tag, der nicht mit -
Muse: ...mit der Milch der Sterne nährt dein Schauen

Lehrer: Du kannst nicht damit rechnen, daß es dir einfach passiert, oder daß es sich rechnet, denn das Kerqh ist abhängig von deinen Abhängigkeiten, auch wenn -

Muse: ...die Netzhaut deines Auges ist zersetzt vom Salz der Scheinbarkeiten -

Lehrer: Wenn du im heitren Himmel bist, ist die Krise perfekt, glaub mir. Aber merk dir eins: solange du mitspielst, zahlen niemals die Spielleiter, sondern -

Muse: ...ein Andrer ist's mit dem Gesicht des Jedermann.

Als Dr. Thordock zu Bewußtsein kommt, sieht er einen Mann im weißen Kittel, dann Blut, dann das besorgte Gesicht der Sekretärin, schließlich eine blitzende Wundschere - und fühlt sich erneut einer Ohnmacht nahe. Alles vor seinen Augen verschwimmt, die Stimmen rutschen durcheinander, und was der Verletzte im Folgenden zu hören glaubt, liest sich in seinen Aufzeichnungen folgendermaßen:

Ohja, ich wurde den ganzen Tag in einem goldenen Einkaufswagen durch blühende Gärten geschoben... doch hätte es schlimmer kommen können...ich geh hier nicht weg.... Frau Klaus hat das Fleisch mitgebracht... was hat er denn schon zu verlieren?!... wie ich das kalte Wasser hasse...

das sollten wir aber genauestens untersuchen, Herr Kollege....und beim nächsten Mal bringst du deine Freundin mit... alle diese Masken gehören mir, ich habe sie gesammelt.... sammel....ich liebe sie....aber es ist ganz deutlich gestiegen, das ist ein gutes Zeichen....

Vorsichtig haben Arzt und Sekretärin den Patienten auf einen Stuhl platziert. Mit dem weißen Verband um den kantigen Schädel ähnelt Dr. Thordock einem alternden Skilehrer.
Der Arzt empfiehlt ihm, sich nach Hause bringen zu lassen und ein paar Tage im Bett zu bleiben, auch mit einer leichten Gehirnerschütterung sei nicht zu spaßen. Dr. Thordock signalisiert Bereitschaft, dieser Empfehlung zu folgen, vermeidet aber ein Kopfnicken.
Der Arzt schreibt ein Rezept aus, dann verabschiedet er sich. Schon im Türrahmen hört er die dunkle Stimme Thordocks, die noch nicht zu ihrer alten Bestimmtheit zurückgefunden hat, und wendet sich um.

Arzt: Fehlt noch etwas?
Thordock: Doktor, warum unternimmt die Regierung nichts gegen das Fallgesetz?
Arzt: Machen Sie sich keine Gedanken, vermeiden Sie jede Anstrengung, es geht vorbei.

Man läßt Dr. Thordock die Ruhe, die er nun braucht. Niemand wäre auf die Idee gekommen, er könnte seine Vorlesung programmgemäß abhalten, doch genau dies geschah: etwa eine Stunde nach seinem Sturz, d.h. fast auf die Minute genau 3 Stunden, nachdem er in der Küche den Fensterwirbel nach rechts gedreht und einen Flügel geöffnet hatte, während die Straße unter ihm in einem weißen Nebel lag, trat er in seiner Funktion als Dozent an das Pult und absolvierte das, worin er seine berufliche Aufgabe zu sehen gewohnt war. Die Vorlesung gilt in akademischen Kreisen als eine kleine Katastrophe, die aber, wie sich später herausstellen sollte, nur eine weitaus größere ankündigte, die nicht allein Dr. Thordock betraf, sondern zu einer Aufhebung eines Konsens führte, der bis dahin unausgesprochen Gültigkeit gehabt hatte.

Thordock: Sehr verehrte Damen und Herren, bevor ich zum eigentlichen Thema komme, dem Energieerhaltungssatz, darf ich Sie mit den zugegeben etwas verwirrenden Resultaten eines Selbstversuches bekannt machen, in welchem ich die wirklichkeitsbildenden Qualitäten eines Wortes ohne Bedeutung untersucht habe.
Das Wort, um das es geht, lautet KERQH (er schreibt die Buchstaben mit Kreide an die Tafel). Kerqh, verehrtes Auditorium, wuchs auf im Dung von großen Tieren und gehört der Familie der Schimmelpilze an.

Student: Wir haben einen Vortrag über das Fallgesetz erwartet!
Studentin: Was haben Sie da eigentlich am Kopf?

Thordock: Lenken Sie Ihre Aufmerksamkeit auf das, was Sie hören, und nicht auf das, was Sie sehen. Im Übrigen ist es nichts Ernstes, nur eine Schramme. Diese Familie ist für ihre Bescheidenheit bekannt, aber das mindert keineswegs den entscheidenden Einfluß, den sie auf das menschliche Gehirn, seine Entwicklung und alle damit verbundenen Konsequenzen für diesen Planeten hat.
In geringen Mengen der geistigen Nahrung beigegeben, wirkt dieser Pilz sprachbildend und verstärkt das angeborene Anschauungsbedürfnis des Menschen, aus welchem sich schließlich die Religion entwickelte.

Studentin: Aber was hat denn das mit der Gravitation zu tun?

Thordock: Ihre Fragen bitte im Anschluß!
In größeren Mengen genossen, verursacht die Substanz gleichermaßen Verwirrung wie Erkenntnis. Es sind Erfahrungen totaler Dematerialisierung bekannt geworden, die allerdings im Trickzirkus der Tagespolitik einer Pervertierung unterliegen.

Es sind auch Erfahrungen verbürgt, in denen geltende Wirklichkeitsparameter zusammenbrachen und verschiedentlich Anlaß zu der Forderung gaben, das Gehirn an sich zur Illusion zu erklären.

Student: Dr. Thordock - gab es das Fallgesetz schon vor seiner Entdeckung?

Thordock: Ja, mit einem kleinen und doch sehr entscheidenden Unterschied: vor der Entdeckung des Fallgesetzes fiel, was fallen gelassen wurde, zwar nach unten, aber es hatte eine andere Qualität, da man die entsprechende Formel, die den Vorgang beschreibt, noch nicht kannte.
Man muß deshalb davon ausgehen, daß vor der Entdeckung des Fallgesetzes ein jedes Ding auf seine Weise fiel, unnachahmlich, einmalig. Wer etwas fallen ließ, hatte dafür die volle Verantwortung zu tragen und konnte diese nicht, wie heutzutage, umlenken auf das Gesetz. Wer also etwas fallen gelassen hatte, war persönlich für diesen Vorgang verantwortlich und verblieb somit im ursächlichen Zusammenhang.
Verstehen Sie diese Antwort bitte als Parabel und denken Sie einmal darüber nach, warum es genauer wäre, wenn wir das Fallgesetz als Fallengesetz bezeichnen würden.
Nun, zurück zum Thema. Wir waren stehen geblieben bei der Forderung, das Gehirn zur Illusion zu erklären. Unsinnig, natürlich völlig

unsinnig, denn damit würde weder etwas geklärt noch erklärt. Dennoch muß festgestellt werden, daß derartige Forderungen nur möglich sind, weil Phänomene wie Kerqh in unserem Kulturkreis bislang kollektiv verdrängt werden. Wie ich Ihnen jedoch mit Blick auf die Resultate meines Selbstversuches versichern kann, vermag die biochemische Kommunikation zwischen Mensch und Pilz auf ganz unberechenbare Weise Verhaltensmuster zu ändern.

Dies ergab auch eine Versuchsreihe, der sich freundlicherweise Angestellte unterer Leitungsebenen zur Verfügung stellten: scheinbar unmotiviert und ohne erkennbaren Zusammenhang versuchten sie plötzlich, Bocksprünge auf den Rücken ihrer Vorgesetzten auszuführen, aber das nur nebenbei.

Offenbar bewirkt der Pilz im menschlichen Gehirn etwas, das die Evolution erst zu jenem offenen System macht, als das es dem gesunden, vom Pilz geläuterten Menschenverstand erscheint. Natürlich ist dies alles eine Frage der Dosis.

Student: Dr. Thordock, Sie haben das Manuskript verwechselt!
Studentin: Ihre Kopfverletzung ist wohl doch etwas ernster zu nehmen, oder?

Thordock: Ruhe, bitte. Hier wird die vielzitierte Bewußtseinserweiterung zur Bewußtseinserheiterung, denn wäre die Evolution kein offenes System, hätte sich die Menschheit in ihrem Zivilisationskäfig längst zu Tode gelaust.
An dieser Stelle müssen wir uns, um der Komplexität des Themas gerecht zu werden, dem soziokriminellen Umfeld zuwenden. (Dr. Thordock trinkt einen Schluck aus dem Wasserglas, das auf dem Pult steht, schaut kurz auf seine Taschenuhr und spricht weiter.)

Student: Dr. Thordock, kommen Sie jetzt als Physiker auf die wachsende Kriminalität in der Stadt zu sprechen?

Thordock: Urbane Strukturen kann man nicht essen, auch wenn sie täglich frisch geliefert werden und weniger kosten als eine Tüte Semmelmehl. Daran ist nichts zu ändern. Genügt Ihnen das? Gut-. Fahren wir fort.
Unter Wissenschaftlern, Politikern und Theologen, in Wahrheit allesamt praktizierende Sandmännchen, gibt es viele Ehrgeizlinge, die an einem Verbot bzw. an einer Kontrolle des Pilzes interessiert sind. Hinter ihren postulierten Motiven steckt, meist unschwer zu entdecken, eine anale Besetztheit, wie sie typisch ist für Menschen, die in ihrer Kindheit von ihren Eltern regelmäßig als freizeitpolitische Kondome mißbraucht wurden.

(Einige Studenten beginnen laut zu lachen, andere verlassen kopfschüttelnd den Hörsaal.)

Kontrolle als existentielles Bedürfnis ist eine Folge tief eingeprägter Lebensangst, die durch das Aufstellen von Normen, Gesetzen und verschiedenen Regeln kompensiert wird.

Das Verhältnis zwischen jenen, die den Pilz kontrollieren wollen und denen, die ihn verehren, läßt sich vergleichen mit der Spannung zwischen positiven und negativen Ladungen.

Diese Spannung ist gleichsam der Treibstoff, der das Testfahrzeug Evolution mit Energie versorgt. Seit Zarathustra natürlich ein alter Hut, nur setzt ihn niemand mehr auf.

(Unter den verbliebenen Studenten bricht hemmungsloses Gelächter aus.)

Kerqh ist in diesem energieerzeugenden Konflikt machtlos, sein Wesen ist mit Macht unvereinbar.

Dazu später noch einige Beispiele.

Wären die Führungsaffen nicht die hartleibigsten Vertreter unserer Gattung, hätten sie ihre Stühle längst auf Sporen untersucht und respektive ihre Lehrstühle einem Museum für Sitzmöbel übergeben.

Aber sie glauben, sie wären wie Gott - obwohl sie nicht im Besitz seines Adreßbuches sind.

Indes, meine Damen und Herren, der Schimmelpilz ist da, er breitet sich aus, und er paßt sich seiner Umgebung an, wie lebensfeindlich die Bedingungen auch sein mögen: Kerqh ist der Beweis.

Die letzten Worte gingen im schallenden Gelächter der wenigen Anwesenden unter.
Dr. Thordock leert das Wasserglas, reinigt die Tafel und sortiert seine Manuskripte.
In der Zwischenzeit hat eine Frau in roter Kittelschürze einen Staubsauger in den Saal gerollt und beginnt mit der Reinigung, wobei sie ein Scherzlied trällert. Sie hat eine hohe und ausgeprägte Stimme, die das Geräusch des Staubsaugers übertönt.

Reinigungskraft: Er sagte oft so kluge Sachen
und brachte mich damit zum Lachen
wer faltet nun seine Taschentücher
wer staubt nun ab
seine Anzüge, seine Bücher

Wie stets nach einem Vortrag, begibt sich Dr. Thordock zur Kantine, um dort einen Kaffee zu sich zu nehmen. Auf dem Weg dorthin fängt ihn die

Sekretärin ab und bittet ihn in das Büro, er werde am Telefon verlangt. Als er die graue Plastemuschel an sein Ohr hebt, kann er zunächst nichts hören, wofür er den Kopfverband verantwortlich macht.

Thordock: Hier Thordock, Sie wünschen?
Stimme: Riesige Menschenmengen fluten aus Russland heran.
Thordock: Ah, Sie glauben, ich erkenne Sie bereits an der Stimme?
Da haben Sie allerdings Recht. Ich weiß, Sie sind der Mann mit dem grünen Schlips und dem griechischen Schlapphut. Warum stellen Sie sich denn nicht vor?
Stimme: Stellen Sie sich vor! der Zerstörer wird die alte Stadt in Schutt legen!
Thordock: Wie bitte? Welche alte Stadt? Sie müssen sich schon etwas genauer ausdrücken, es gibt unzählige alte Städte. Und außerdem: was soll das alles mit den Russen zu tun haben?
Stimme: Man wird sein Rom verzweifelt sehen.

Dr. Thordock hört, wie am anderen Ende aufgelegt wird und legt, nach einem Augenblick der Irritation, selbst auf, was mit einem für ihn unüblichen Nachdruck geschieht.

Die Sekretärin, die ihm anmerkt, daß etwas nicht stimmt, und sich wegen seines Zustandes Sorgen macht, erkundigt sich, ob er schlechte Nachrichten habe. Es gebe, so seine einer Zurechtweisung ähnelnden Antwort, keine schlechte Nachricht, es sei denn, man folge ihr.
Dr. Thordock steht unschlüssig im Raum und läßt sich dann nieder auf dem Stuhl, den ihm die Sekretärin zurechtrückt, etwas unsicher, aber begleitet von einem Monolog, der ihre Sorge um sein Wohlbefinden zum Ausdruck bringt und in dem Angebot endet, er möge doch den Kaffee hier trinken und nicht in die Kantine gehen, was Dr. Thordock als gute Idee bezeichnet. Später, die Sekretärin hantiert im Vorzimmer, tritt er an das Fenster und schaut aus dem 14. Stockwerk auf die Straßenszenerie.
Was kann dieser Mann von mir wollen, fragt er sich.
Möglicherweise, so seine Gedanken, habe ich mit meinen Forschungen die Aufmerksamkeit gewisser Leute erregt, und sie spionieren mir nach oder wollen mich gezielt verunsichern.
Manchmal, sinniert er weiter, verbirgt sich ja gerade im Harmlosen das Gefährliche, das Revolutionäre.
Plötzlich fällt ihm im Gewühl der Straße eine Frau auf, die sich langsamer bewegt als die anderen Passanten und deren Gang schlafwandlerisch wirkt. Dieser Eindruck verstärkt sich durch den Umstand, daß sie mit weit ausgestreckten Armen einherschreitet.

Nach einiger Beobachtung kommt Dr. Thordock zu dem Schluß, daß das, was sie in ihren Händen hält und vor sich herträgt, eine riesige rote Schere ist, deren Glieder sich unmerklich langsam öffnen und schließen. Ein Poltern lenkt Dr. Thordock ab, und als er sich umwendet, sieht er durch die offene Tür die Frau in der roten Kittelschürze, wie sie einen Staubsauger hinter sich herzieht, dabei, die gute Laune in Person, eine Schlagermelodie schmetternd, dessen Refrain, soweit er es richtig hört, lautet:

Reinigungskraft: ...aber niemand folgt dir nach,
                     denn deine Spur ist kein Stern.

Dr. Thordock wendet seine Aufmerksamkeit erneut dem Geschehen unten auf der Straße zu und bemerkt, wie sich die Menschenmenge vor der Frau mit der Schere teilt. Offenbar steuert die Frau direkt auf den Haupteingang der Universität zu.
Der Anblick der Frau mit der riesigen roten Schere inspiriert Dr. Thordock zu einer weiteren Eintragung in sein Quartheft, das er für seine individuelle Methode des autogenen Trainings benutzt.

Eintragung:
Er meinte oft, einer Spur zu folgen und dachte: wenn hier jemand vor dir gegangen ist, dann wußte die Person sicher, wo sie hin will und was dort ist. Er vertraute der Spur, und seine Zweifel, ob er sich auf dem richtigen Weg befinde, ob die Spur vielleicht nur eine Metapher ist, wichen einer Art Zuversicht.
Doch immer, wenn er innehielt, wenn er sich umwandte, um den zurückgelegten Weg zu betrachten, sah er nicht, wie erwartet, zwei Spuren, nämlich die Spur, der er gefolgt war und seine eigene - immer, wenn er zurückschaute, sah er nur eine Spur: seine eigene.

Zur gleichen Zeit hört der Agent, der in seinem hinter dem Universitätsgebäude parkenden Wagen sitzt, in seinem Lautsprecher nur ein undefinierbares Kratzen und Schaben. Er nutzt die Übertragungspause für einen Bericht an seinen Chef, den er in ein Diktiergerät spricht.

Agent: Er ahnt nun, daß er verfolgt wird, hat aber keinen Schimmer, wer ihm auf den Fersen ist. Neuerdings hält er Vorträge über die Einflüsse gewisser Pilze auf die Mutation und Entwicklung des menschlichen Gehirns. Fühlt sich beobachtet, wirkt aber nicht unsicher. Nachforschungen im Jahre 2021 haben ergeben, daß es einer Organisation - operiert gegen uns und versucht, Thordock für ihre Ziele auszunutzen - gelungen ist, die Zielperson zu exterrarisieren. Bedeutet: es ist ihnen gelungen, seinen Gencode aus dem Clonarchiv zu löschen. Hab mich beim Hausmeister erkundigt - der war der letzte, der ihn vor seinem Fall gesprochen hat. Thordock habe am Fenster gestanden und eine Zigarette geraucht. Nichts besonderes eigentlich, doch sei ihm aufgefallen, daß der sonst etwas zerstreut wirkende, jedoch stets höfliche Thordock auf sein Eintreten nicht reagiert, ja, ihn, den Hausmeister, nicht einmal gegrüßt habe. Mit einem Finger habe er in den Staub des Fensterglases ein Wort geschrieben, an das er, der Hausmeister, sich aber nicht mehr genau erinnern konnte, es habe wie Ka E Er Khu ausgesehen.

Vorsichtig, um ihn nicht beim Schreiben zu stören, stellt die Sekretärin eine Tasse Kaffee in Dr. Thordocks Reichweite, der aber im selben Augenblick das Quartheft schließt, sich zurücklehnt und, entspannt lächelnd, die Schutzkappe auf seinen Füllfederhalter schraubt. Im Plauderton erkundigt er sich, was es denn an Neuigkeiten gebe.
Die Angesprochene betastet verlegen ihre Kaltwelle und meint, nun ja, es sei im letzten Herbst schwierig gewesen, all das viele Obst an den Mann zu bringen, das früher vom Gemüsehändler an der Ecke gern in Kommission genommen wurde, aber nun komme ja alles billig aus Holland,

und sie habe sich eine Zentrifuge gekauft, um Mus aus den vielen Früchten zu machen. Auch Äpfel, will Thordock wissen.
Ja, jede Menge Äpfel, erklärt sie stolz und meint, sie würde ihm gern einen Beutel voll mitbringen, wenn er welche haben möchte.*

Dr. Thordocks Heimweg ist ein Leidensweg, das Hämmern in seinem Hinterkopf wird unerträglich, seine Umgebung nimmt er nur noch verschwommen war.
Zu Hause angekommen, begibt er sich unverzüglich in das Schlafzimmer, läßt das Rollo runter und schafft es unter Aufbietung all seiner Willenskräfte, die Tagesgarderobe mit dem Schlafanzug zu vertauschen, bevor er sich vorsichtig und leise stöhnend in die Kissen sinken läßt.
Es vergehen drei Tage und Nächte, die für ihn 72 Stunden des Zeitstillstandes sind.
Am ersten Tag sagt er, wenn er aufwacht, laut seinen Namen oder löst eine mathematische Aufgabe, um sich seines Erinnerungsvermögens und seines Verstandes zu versichern, dann schläft er wieder ein, erschöpft von der Anstrengung. Am zweiten Tag versucht er aufzustehen, um sich Notizen zu seinen Beobachtungen zu machen, aber dies gelingt ihm erst am folgenden Tag, woran er sich später nur dunkel erinnern konnte, es vielleicht völlig vergessen hätte, wenn sich in seiner Wohnung nicht

wahllos verstreutes, mit Zeichen und Buchstaben versehenes Schreibmaschinenpapier gefunden haben würde.

Drei Tage und Nächte wandert etwas, das er später als mit dem Phänomen Kerqh identisch erklären wird, durch die Sperrbezirke seines Bewußtseins und demontiert Schranken.

Am Morgen nach dem dritten Tag erhebt sich Dr. Thordock aus dem Bett und verläßt das Schlafzimmer.

*Unsere Studie entstand auf der Basis von Beobachtungen, die die 24 Mitglieder unserer Gruppe gemacht haben. Elfrieda Walters Notizen zu der hier geschilderten Situation weichen erheblich von denen der anderen Zeugen ab, werden jedoch im Original beibehalten.

während im Pentagon die abgedrehte Wirklichkeit
geschnitten wird zu Werbespots

für Rüstungsfirmen umkreisen Raben das Völkerschlachtdenkmal

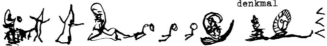

& die Zuschauer liegen eingegraben im Vielvölkerstaub

eingegraben in die Muttererde Babylon

4. Aufzeichnung: in Dr. Thordocks Wohnung

Er weiß nicht genau, wie viel Zeit vergangen ist, geht aber dennoch zuerst in das Bad, denn ihn interessiert nicht so sehr der Stand der Uhr als vielmehr der Zustand seiner Kopfverletzung. Er betrachtet seinen Hinterkopf im Spiegel mit Hilfe eines Handspiegels, wobei ihm zwar sofort eine handtellergroße Verkrustung im Haar auffällt, aber eine Wunde kann er nicht entdecken. Vorsichtig tastet er die Stelle ab, fühlt aber weder einen Grind noch Schmerz - rein gar nichts, was auf eine Verletzung schließen ließe.
Das einzig sichere Indiz für seinen Sturz vor drei Tagen ist das getrocknete Blut im Haar, und natürlich der Kopfverband, den er achtlos auf den Boden fallen lassen hat.
Die Wunde ist aber unglaublich schnell verheilt, murmelt er.

Wir sehen uns an diesem Punkt der Aufzeichnungen zur Übertretung des Tabus gezwungen, niemals eine Aussage über das Gefühlsleben unseres Klienten zu machen, die er nicht selbst schriftlich bezeugt hat. Denn ohne die seine Gefühlswelt umschreibende Feststellung, daß er sich auf nie gekannte Weise von einer tiefen Ruhe und Gelassenheit durchdrungen fühlte, könnte alles Folgende als bloße Metapher mißverstanden werden. Dr. Thordock macht die Ruhe und Gelassenheit, die ihn durchströmt auf eine Art glücklich, die für ihn völlig neu ist: er ist angekommen in der Wirklichkeit.

Während warmes Wasser in die Wanne plätschert, betrachtet er sein Gesicht im Spiegel: die buschigen Augenbrauen, die etwas knubbelige Nase, die vollen Lippen, die von Falten gefurchte Stirn, die hohen Wangenknochen, das gedrungene Kinn. Er nickt sich zu wie einem Komplizen, verläßt das Bad, geht in die Küche und stellt Wasser auf den Herd.
Am Küchentisch sitzend notiert er in sein Quartheft, das bislang seiner selbstentwickelten Methode des autogenen Trainings vorbehalten war:

Eintragung:
Die Wandtafel meines Lebens hat sich in den letzten Tagen und Nächten offenbar selbst gereinigt. Man sagt von Tieren, sie seien selbstreinigend, von Wandtafeln habe ich das allerdings noch nie gehört. Gut, ich verstehe nicht, wie das geschehen konnte, aber es ist mehr als nur ein Bild für meinen Zustand. Ich kann mich an alles glasklar erinnern, aber die Tafel ist leer, auf der es geschrieben stand.
Bislang hatte ich mich für einen Sklaven gehalten, der den drei Herrscherinnen Vergangenheit, Gegenwart und Zukunft auf ein Fingerschnippen

hin zur Verfügung stehen muß, die zeitliche Ebene dabei wechselnd wie Socken, nur schneller, viel schneller. Ich revoltierte gegen die Vorstellungsfessel Gehirn und gegen die Diktatur des Nervensystems, nach Dienstschluß meist, wie es sich für einen Angestellten gehört.
Mein Leben erschien mir als ein Land, das langsam unterging in seiner Nützlichkeit, seiner Funktion, seinen Erträgen.
Aber jede Zeit ist veraltet und geht an zeitlosen Krücken. Kein Alter hat eine Mitte zu bieten, in der man Tau trinken kann.
Jeder Tag reflektiert alle anderen Tage, kommende und vergangene; im Kreisverkehr von Werde und Vergeh herrscht Halteverbot.
Es kommt mir vor, als wären die Informationen meines Lebens, die bislang auf der Tafel standen, aufgesogen worden von ihrem Grund.
Keine Information ist verlorengegangen. Insofern wäre es mißverständlich, von *Tabula rasa* zu sprechen.

Bevor Dr. Thordock sein Bad nimmt, eine Tasse Kaffee neben sich, verläßt er die Wohnung, um den Briefkasten zu leeren. Gewohnheitsgemäß reißt er, zurückgekehrt in die Wohnung, die letzten Blätter vom Kalender, wendet aber keines um, worüber er sich selbst wundert, ein möglicherweise vorübergehendes Desinteresse an Rückseiten konstatierend. Er wirft die abgerissenen Blätter zum Altpapier, wohin er auch, nach kurzem Zögern, die Zeitungen der letzten Tage befördert, was er vor sich selbst mit der Einsicht rechtfertigt, die Nachrichten, die er in den Zeitungen lesen könnte, wären veraltet.

Wir erwähnen diese Details, weil sie uns hinweisen auf einen tiefgreifenden Wandel in den Gewohnheiten Dr. Thordocks.

Zwischen den Zeitungen befindet sich ein dicker Brief, den er aber erst öffnet, als er es sich im warmen Wasser bequem gemacht hat, im Nacken ein zusammengerolltes Handtuch.

BRIEF
Glückwunsch, verehrter Kollege, es ist Ihnen gelungen! Sie haben den Code geknackt!

Möglicherweise sind Sie sich jetzt, da Sie diese Zeilen lesen, noch nicht ganz im Klaren, was das bedeutet. Sie haben mit Ihren Forschungen Tatsachen enthüllt, die zuerst Ihr eigenes Leben gründlich umkrempeln dürften.

Der Schlüssel, den Sie gefunden haben, wird Ihnen viele Türen öffnen, von denen Sie im Augenblick nicht einmal ahnen, daß es sie gibt.

Ich möchte Ihnen, da ich Ihre Forschung außerordentlich schätze, helfen und Ihnen mein spärliches Wissen über *Kerqh* mitteilen.

Wie Sie bereits erfahren haben, ist *Kerqh* abhängig von Ihren Abhängigkeiten. Ich weiß, wovon ich spreche, denn mit jeder Abhängigkeit, aus der ich mich gelöst habe, bin ich dem Wesen dieser Sache näher gekommen. Verzeihen Sie, wenn meine Niederschrift gelegentlich etwas zersplittert wirkt, ich bin noch weit davon entfernt, *Kerqh* in gebührender Komplexität darzustellen, und manches habe ich in literarisch ambitionierte Formen gießen müssen, um es überhaupt beschreiben zu können. Gestatteten Sie mir, anonym zu bleiben. Ein unbekannt bleibender Freund ist in manchen Situationen mehr wert als eine Lebensversicherung.

PS. Sollten Sie vordringen in das morphogenetische Feld, ziehen Sie unbedingt Schuhe an, die sich zum Tanzen eignen. Und im subatomaren Bereich gilt generell Hutpflicht.

Dr. Thordock nimmt einen Schluck Kaffee, bevor er weiterliest.

Zunächst einige Tips, die im Zusammenhang mit *Kerqh* wichtig sind.

1. Wenn Sie wissen wollen, was ein Nachbar in Wahrheit von Ihnen hält, reden Sie ihn nicht mit Herr an, sondern mit „Komma" - seine Reaktion wird sehr aufschlußreich für Sie sein.

2. Falls Sie sich in einem für Sie wichtigen Gespräch unsicher fühlen, beginnen Sie jeden Satz mit einem Punkt.
3. Vorsicht, wenn Sie zu einer Unterschriftsleistung aufgefordert werden: jeder Name kann eine Falle sein, auch Ihr Name, denn Namen suggerieren Identität und grenzen die Person auf eine Bestimmung ein, die sie nicht unbedingt beeinflussen kann. Begreifen Sie Ihren Namen als eine Laune des Alphabets.
4. Sagen Sie A und immer wieder A, wenn Sie partnerschaftliche Probleme als momentan unlösbar empfinden.
5. Sollte sich vor Ihnen ein Abgrund auftun, vertrauen Sie der magischen Kraft des Bindestriches, denn ihn können Sie endlos vor sich herschieben und auf diese Weise jeden Abgrund überwinden.

Dr. Thordock zieht das linke Bein an und massiert mit der rechten Hand seine kleine Zehe, während er weiterliest.

Beteiligen Sie sich niemals an einer Jagd, denn Sie manipulieren damit an der biologischen Erduhr. Tun Sie es dennoch, müssen Sie sich nicht wundern, wenn der Uhrmacher Ihnen den Eintritt in die Zeitlosigkeit verweigern wird. Es gibt natürlich viele Formen der Jagd, deshalb nähert sich der folgende Text dem Thema auf acht Beinen.

Kerqh ist ein Hase auf der Jagd.
Ein steigender Mond wirft Schlingen
über den November & der November
beißt um sich. Aus allen Löchern quillt
Reizgas, im Osten des Todes stricken Gurus
kugelsichere Seelen.

Wenn *Kerqh* den Stern wechselt,
wechselt der Stern seinen Namen.

Dr. Thordock massiert die große Zehe, unterbricht seine Lektüre aber nicht.

Die augenblickliche politische Situation ist aber nur die Verschleierung
eines altbekannten Abzählreims.
Die Zahlenkombination im folgenden Text enthält einen Schlüssel zur
ausgeschlossen bleibenden Öffentlichkeit.

Seit Deutschland EINS [4] ist,
ist *Kerqh* gespalten in ZWEI [1].
Seine Geschichte [0] ist ausgefallen,

seine Zukunft [2] beginnt
mit Gedächtnisschwund.
Seine Gegenwart [1] teilt ihn
in Theorie [2] und Praxis [3].
Keiner Zeitform verbunden,
erheitert ihn die HalluziNATION
zwischen DREI-VIER.

Dr. Thordock geht dazu über, alle fünf Zehen auf einmal zu massieren.

Wie Sie wissen, verehrter Kollege, unterliegen politische Systeme Veränderungen, in denen sich meist die Unfähigkeit zur Weiterentwicklung eines Systems entlädt.
Der folgende Text soll umreißen, welche Rolle *Kerqh* in einem solchen Prozeß spielt, den wir aus eigener Erfahrung und Anschauung kennen: das Ende des Staates, den man DDR nannte.
Da ich Ihren Forschungen ausschließlich das zur Verfügung stelle, was ich selbst beobachtet und erfahren habe, kann ich keine Aussage darüber machen, welche Rolle *Kerqh* in anderen Prozessen spielt oder spielen könnte.

Zum besseren Verständnis dieser Rolle empfehle ich, *Kerqh* zu visualisieren als einen arbeitslosen Philosophen, wenn ich auch gestehe, ihn damit auf soziale Bezüglichkeiten einzuschränken, die ihm nicht gerecht werden können. Natürlich kann ein Phänomen wie *Kerqh* nicht arbeitslos sein oder werden, es gibt schließlich keinen arbeitslosen Fluß oder arbeitslosen Baum.

Kerqh reißt Maske für Maske vom Kalender & entdeckt
das abenteuerliche Land der unbeschriebenen Rückseiten.

In einem Augenblick, den nie ein Aug' erblicken wird,
sticht *Kerqh* in die Blase des Sozialprodukts & aus allen
Stechuhren stiebt das Konfetti abgehefteter Lebensläufe.

Das Blut der Stempel steigt in den Verwaltungsräumen.
Der faule Wind aus den Archiven weht den 1. Mai über
die Weltmeere & füllt das Segel einer abgetakelten Galeere
mit dem langen Atem der Ahnen.

Dr. Thordock wechselt zum anderen Zehenpaar, beginnend wiederum
mit der kleinen Zehe.

Als Anarchist ist *Kerqh*, wie übrigens in den meisten seiner Erscheinungsformen, kompromißlos. Gerade durch diese Kompromißlosigkeit kommt das Dilemma eines Anarchisten in besonders klaren Konturen zum Vorschein.

Für die durchschnittenen Verbraucher gilt die Konfession der Deutschen Bank & die lautet:
- du sollst keine andere Bank nutzen als
- du sollst keinen fremden Kredit nehmen
- du sollst dein Geld anlegen in meinem Namen

denn mein sind die Zinsen & mein ist die Genforschung & wenn *Kerqh* darauf scheißt, wird das niemand wegwischen.

Er wechselt zur großen Zehe.

Nicht jede Erscheinungsform *Kerqhs* ist eindeutig zu definieren.
Der folgende Text faßt einige indifferente Erscheinungsformen zusammen, die ich vielleicht besser als Vorgänge oder Zustände bezeichnen sollte.
Aussage (1) bezieht sich auf bestimme, von unzähligen Menschen praktizierte Frühstücksrituale.

Aussage (2) bezieht sich auf eine immaterielle Seuche und deren allgemeine Therapie durch eng mit der Pharmalobby verzahnte Chirurgen.
Aussage (3) spielt an auf die Kürze eines menschlichen Lebens im Zusammenhang mit dem Phänomen, daß sich bestimmte, oft unangenehme Irrtümer seit tausenden von Jahren in jedem Leben wiederholen.
Aussage (4) bezieht sich auf die Konsequenzen, die sich auf den unter (3) erwähnten Zusammenhang ergeben.
Die letzte Aussage (5) ist ein paradoxes Bonmot, denn erstens gehen Überlebende, egal, was sie überlebt haben, nicht spazieren, und zweitens hab ich noch nie gehört, daß ein Phänomen wie *Kerqh* „GutenTag" sagt.

Dr. Thordock greift nach der Kaffeetasse, nimmt einen Schluck, stellt sie zurück und sagt: Da gibt es noch ganz andere Phänomene, die ebenfalls nicht grüßen.
Er liest laut weiter:

(1)   *Kerqhs* endogene Drüsen sind geschädigt durch sein
      Leben in Leitartikeln
      sowie den übermäßigen Genuss von Gerichtsreporten.
(2)   *Kerqh* stopft sich überall breit.
      Die Schere, die ihn teilt, vermehrt seine Folgen.

(3) Sein mythologischer Hintergrund ist das Stillhalten in der
 Schubkarre Alltag.
(4) Sein geistiger Horizont mampft, daut der Horen Kotze
 & spaltet die Zeit auf in Zonen der Zeitlosigkeit.
(5) Wenn *Kerqh* einen Überlebenden trifft, grüßt er nicht.

Meine Güte, wie bringt man einem Phänomen nur Benehmen bei?, unterbricht Dr. Thordock seine einsame Lesung, offenbar keine Antwort erwartend, denn er liest sofort weiter.

Der folgende Text beschreibt die Variation von *Kerqh*, die vermutlich immer dann entsteht - oder besser: freigesetzt wird - wenn eine Gesellschaft auf eine Phase der Morbidität zusteuert, was man unter anderem daran erkennen mag, daß unvergleichlich mehr Autohäuser als Obdachlosenheime gebaut werden.
Doch ist dies nur meine subjektive Meinung.

Bei Sonnenaufgang spült *Kerqh* die Stadt in die Gosse.
Der Lauf der Zeit ist auf ihn gerichtet, jede Sekunde
ist ein Scharfschütze in den ewigen Hecken.

Kerqh wendet sich der Welt zu, aber die wendet sich
ab von der Erde & von hinten ähnelt die Welt einem
wichsenden Katechet.

Kerqh reißt sich das Kreuz vom Kreuz & legt sich
schlafen. Er schläft auf einer verbotenen Tür & die Tür
schwimmt auf einer Dreckflut aus Entlassungsbriefen
& Geburtsurkunden.

Im Schlaf ist *Kerqh* ein Tropfen & fällt & fällt & wird
zur Sündflut & wird verfolgt von den Engeln des Hanfes
& der Rohrzange.

Würde mich interessieren, bemerkt Dr. Thordock für sich, ob diese
Engel einen Blaumann tragen, mehr noch: ob die ihn jemals einholen.

Während meiner Aufzeichnungen zu *Kerqh* habe ich mich einmal selbstkritisch überprüft und mir die Frage gestellt, was denn wäre, wenn ich
Kerqh wäre.

Wenn ich *Kerqh* wäre, dann wäre ich nicht
der Sekretär seiner Multivitamine & es gäbe nicht
diesen Drei-D-Film.
Kerqhs Aggregatzustand wäre mir schnurz.

Ich widmete mich nur dem Wetter & würde
den ganzen Tag in Betrachtung verbringen.
Mein Leben wäre frei von jedem Trachten.
Kerqhs Transplantate blieben ausschließlich
Sache der Gemüsehändler & Händlerinnen.

Dr. Thordock unterbricht sich, um eine Weile an die weiße Decke des Bades zu schauen und seine Augen auszuruhen. In Gedanken geht er seine Kollegen durch und prüft, welcher von ihnen als Verfasser des Schreibens in Frage kommen könnte. Eigentlich keiner, folgert er schließlich, und liest weiter, diesmal still.

Folgender Text versucht etwas über *Kerqhs* Leben als Pförtner wiederzugeben. Der Name der Handelskette, deren Lagerhallen er nachts beaufsichtigt, ist in diesem Kontext ohne Bedeutung.

Nachts, wenn im Wirtschaftskrieg ein allgemeiner Warenstillstand eintritt, bricht in den Lagerhallen Schlaf aus & macht Jagd auf verbraucherfreundliche Träume.

Kerqh lauscht dem leisen Knacken der Banderolen um diese Zeit, sitzend in einem gekachelten Niemandsland. Er fühlt sich vollkommen nutzlos & deshalb vollkommen privilegiert.

Erst zu Weihnachten versammelt *Kerqh* alle seine Erscheinungsformen wieder als die heilige Familie seiner Irrtümer: dann liegen sie gemeinsam in lichtüberbackener Stille & sind wie alle Weisen einmal im Jahr ganz Leibkuchen.

Dr. Thordock beachtet für's erste nicht die graphischen Zeichen auf diesem Blatt und fährt in der Lektüre fort.

Sie werden sich möglicherweise an dieser Stelle fragen, woher ich das alles weiß, ob es sich nicht vielmehr um Behauptungen oder reine Hirngespinste handelt. Ich darf Sie trösten, ich war ähnlichen Prüfungen ausgesetzt.

Lassen Sie sich nicht irritieren, das Unwahrscheinliche kommt der Wahrheit oft näher als das, was normalerweise für das Wahrscheinliche gehalten wird. Der nächste Text lenkt Ihre Aufmerksamkeit für einige Augenblicke auf eine Manifestation K's. als Politiker.

Kerqh hat zu mechen & zu laugen
bis zur nächsten Ziehung ranzliger
Protogene hat er die Stellung
zu halten mit Sondernomen.

Seine flüchtigen Gedanken
zielen auf seine Ferse & treffen
ein mit dem Auskommensbescheid
in Form einer Mahnung jetzt

doppelt zu zechen & zu maulen
& es vor allem etwas genauer zu nehmen
mit seiner Hauptaufgabe, das Streben
& Sterben in den von ihm verwalteten
Parteibüchern zu regulieren.

Dr. Thordock fragt sich, welche Person in seinem Kollegenkreis etwas von Politik verstünde, winkt innerlich ab und fährt fort, die Lektüre nun nicht mehr unterbrechend, da das Wasser in der Wanne abzukühlen beginnt.

Sicherlich haben Sie sich schon die Frage gestellt, ob das Geschlecht K's., falls seine Geschlechtlichkeit nicht bedeutungslos für Sie ist, zwingend männlich sein muß.
Ich habe mich für den männlichen Artikel entschieden, aber denkbar ist auch ein weiblicher oder sächlicher.

Der nächste Text verweist auf eine ganz andere Eigenschaft von K's. Transpersonalität: der multikulturell meditierende Mystiker.

Kerqh schweigt auf dem künstlich aufgeschütteten Boden der Realität & lernt zu schweigen in allen Sprachen.
Auf dem Boden kahl geschlagener Tatsachen hockend wartet er, bis der nächste Regen den Muttergrund fortspült in's Tal der Industrie.

Kerqh schweigt im Namen des Nichts, schweigt wie einst Götter schwiegen durch die Menschen & weiß: das Schweigen ist das Maß atomisierter Zeit.

Sie haben selbst erlebt, wie K. als reine Energie inspirierend auf das Denken wirken kann.
In einem Test, der, ich gebe es zu, etwas abwegig war, habe ich versucht herauszufinden, wie weit eine solche Inspiration trägt, indem ich alle meine Ressentiments gegenüber der Schlagermusik beiseite stieß und einen Text schrieb, der das volkstümliche Medium bedient.

Romanze am Meer

Alle heben ab
keiner macht schlapp
die Welt geht unter
keiner wird munter

das ist das System
alles ist Nichts
Nichts ist schön
es rauscht das Meer
es rauscht der Fön
deine Haare Baby
werden zu Berge stehn

alle specken ab
voll auf Trab
das Geld wird bunter
morgen stirbt Gunter

Refrain: Ja, wir werden uns wiedersehn
        wenn wir über's Wasser gehn

Halt! Spotten Sie nicht, bitte. Sie müssen zugeben, ich hätte Ihnen das Machwerk genauso gut vorenthalten können.
Der Grund, daß ich es wage, Ihnen derartiges zuzumuten, liegt allein in meiner festen Überzeugung, Ihnen mit ungeschönten Testergebnissen bei der weiteren Forschung behilflich sein zu können.
Ich will Ihnen auch ein zweites Testergebnis nicht verheimlichen. Wie Sie sich denken können, war ich mit dem ersten nicht eben zufrieden, und also wiederholte ich das Experiment. Urteilen Sie selbst. Für mich hat sich die Sache damit erledigt, offenbar bin ich für bestimmte geistige Schwingungen nicht offen genug.

Geldpause

Manch andre Tiere sind schon spanisch
Kletten retten Kinder im Badeschaum
Zeit ist weder Gott noch endlich
die Reisenden reisen zum Warteraum

Refrain: La Mancha ist nun überdacht
         Sancho hat wohl nachgedacht

Don Quichott regiert die Katholiken
& kassiert die Mehrwertsteuer
ein Esel kann sich nicht selber zwicken
& kommt auch nicht ins Fegefeuer.

Während Dr. Thordock in der Wanne liegt und liest, sitzt unten auf der Straße der Agent in seinem Wagen und betätigt die Scheibenwischanlage, um im einsetzenden Regen Haustür und Fenster weiterhin genau einsehen zu können. Nach drei Tagen und Nächten des Wartens ist er am Ende seiner Geduld und läßt sich zu einem lauten Fluch hinreißen: Was für ein Hundeleben! seit Tagen keine Verfolgung, keine Kneipe, kein Kino, kein Weib, kein Stieleis, kein Nichts! und von Oben immer der gleiche Befehl - WARTEN!

Sein ungehaltener Wortschwall wird von einer harschen Stimme aus dem Radiolautsprecher unterbrochen: Nehmen Sie sich zusammen! Im Handschuhfach liegen die Pillen, die beruhigen, sättigen, löschen den Durst und senken den Hormonspiegel. Beschweren können Sie sich meinetwegen hinterher, aber nicht im Dienst, verstanden! Geben Sie Ihre Position durch und schildern Sie die Lage. Ende.

Der Agent atmet tief durch, öffnet das Handschuhfach, schluckt drei Pillen auf einmal und greift dann zum Mikrofon: Stehe unverändert in Position X + 7, keine Bewegung. Meiner Ansicht nach ist die angebliche Verrücktheit unseres Mannes reines Getue, er versteckt sich nur dahinter. Schlage Positionsänderung vor. Denke, meine demonstrative Abwesenheit wäre das beste Mittel, ihn aus der Reserve zu locken.

Erwarte Instruktionen.

Die Antwort aus dem Radiolautsprecher kam unverzüglich: Wie oft muß ich Ihnen noch sagen, daß Sie das verdammte Ding mindestens drei Finger breit vom Mund entfernt zu halten haben, das hört sich ja an, als sabbere es aus meinem Lautsprecher. Position beibehalten, Tendenz zur Eigeninitiative beenden und das Denken denen überlassen, die dafür bezahlt werden. Ende.

Einen Seufzer unterdrückend, preßt der Agent den Kopf in die Nackenstütze.

Was jetzt folgt, verehrter Kollege, wird Sie wohl erstaunen.
Die folgenden Forderungen stammen von K. selbst, wenn ich das so formulieren darf.
Ihnen sind sicher gewisse Tonbandexperimente bekannt, die in der Regel nur von denen ernst genommen werden, die sie gemacht haben - und natürlich von ein paar Parapsychologen.
Ich habe ein ähnliches Experiment über Monate verfolgt, indem ich ein Tonbandgerät mit einem Transistorempfänger gekoppelt habe. Im Radio hatte ich eine Frequenz eingestellt, auf der kein Sender zu empfangen war, und das Aufnahmegerät hatte ich so präpariert, daß es jedes akustische Signal speicherte.
Die hier notierten Sätze kamen in zeitlich auseinanderliegenden Impulsen an, mal nur ein Wort, manchmal ein ganzer Satz. Vieles mußte ich in unsere Sprache übersetzen, da sich die Stimme im Transistor, wie ja oft in solchen Fällen, verschiedener Sprachen und Dialekte bediente u.a. Russisch, Bayerisch, Althochdeutsch, Gälisch).
Ich versichere, alles vollkommen korrekt in unsere Sprache übertragen zu haben.

Das Experiment ist im Übrigen leicht verifizierbar.

1.
Keine Sprache genügt den Ansprüchen, die zu einer Kommunikation mit Tieren, Pflanzen, Viren, Mineralien erfüllt sein müssen.
Jede Sprache ist deshalb zu ändern und diesbezüglich zu erweitern.
Das gleiche gilt für die Transportmittel von Sprachen wie Schriften und dergleichen.

2.
Unterhaltung muß endlich wörtlich verstanden werden.
Sprache soll dem Unterhalt aller dienen, deshalb muß sie universal werden.
Wenn sich ein Lebewesen nicht unterhalten fühlt, muß im Interesse aller dem Mißverständnis auf die Spur gekommen werden, das einer solchen Unterhaltsstörung zugrunde liegt.

3.
Schweigen wird zum Luxus erklärt und mit einer Aktionssteuer belegt.

4.
Für eine Zeit des Übergangs zur totalen Verständigung erhalten Politiker und alle, die das Denken und damit die Sprachen beeinflussen, Redeverbot.
Wer von den betroffenen Personen das Gebot nicht einhält, wird mit lebenslanger Zwangslektüre von Gebrauchsanweisungen und Sachregistern bestraft.

5.
Dies gilt, bis alle Arten der Äußerungen von allen Lebewesen, einschließlich der in diskriminierender Weise als tote Materie bezeichneten Wesen, als vollkommen gleichberechtigt anerkannt und verstanden werden.

Es mag haarsträubend klingen, doch ich erhielt tatsächlich an jenem Tag, an dem ich diesen Text endlich zusammen hatte, einen Brief von der Gewerkschaft IG-Medien, dessen Inhalt Sie unten zur Kenntnis nehmen können.
Es steht Ihnen frei, die Unterschrift in diesem Schreiben als bloßen Zufall, Wortspiel oder versteckten Hinweis zu interpretieren.

Die Worte sind im Streik.
Fast alle Schreibmaschinen haben sich solidarisch erklärt
& befinden sich im unbefristeten Ausstand.
Sprachlosigkeit hat den Satzbau besetzt.
Komma & Fragezeichen randalieren bereits im Metrum.
Die den Worten traditionell nahestehenden Rhythmen
rütteln an den Effekten.
Unterstützen Sie unseren Kampf gegen alle
zusammengesetzten Substantive und Doppelnamen,
die nicht durch den Duden legitimiert sind.

Unser Informationsnetz dient ab sofort jeder Bedeutung als Hängematte!
Alle Macht dem Apostroph!

K. Erqh

Ich konnte herausfinden, daß K. ein Fußgänger ist. Sie werden diesen Fakt für Ihre Forschungen zu nutzen wissen. Für mich persönlich ist dieser Umstand kein Ausdruck eines Hangs zum Märtyrertum, sondern belegt, daß K. unserer Zeit, ihrer Technologie, der hohen Mobilität, weit voraus ist.

Wenn irgendwo auf einer Autobahn unter einer Brücke ein Stau entsteht, steht *Kerqh* oben am Geländer & streut Blumen*.

Wenn irgendwo auf der Straße ein Bett steht, legt *Kerqh* seinen Hut daneben & schlendert weiter als der weiße Gott der Schwarzseher.

*Dies wurde schon von vielen Autofahrern, die an unterschiedlichsten Orten unter einer Brücke im Stau standen, glaubhaft geschildert. Ein Fall von Synchronizität? Oder Massenhypnose? Was meinen Sie? Leider werde ich die Antwort nie erfahren, das ist der Preis meiner Anonymität.

Dr. Thordock blättert in den Papieren und legt sie schließlich beiseite, um endlich aus dem bereits kalten Badewasser zu steigen. Den Rest würde er später lesen, nach der heutigen Vorlesung, abends, im Sessel sitzend unter der alten Stehlampe, die ein gelbliches Licht im Lesezimmer verbreitet.
Zum ersten Mal in seiner Laufbahn als Dozent hat er nicht das Bedürfnis, sich auf eine Vorlesung schriftlich vorzubereiten, obwohl er sich dies schon oft vorgenommen, jedoch nie gewagt hatte, denn er fürchtete die eigene Unsicherheit, und gerade die stellte sich nicht mehr ein.

Erwähnt werden muß in diesem Zusammenhang auch, daß sich Dr. Thordock während der Rasur an diesem Morgen keinen beinahe rituell zu bezeichnenden Schnitt beibrachte.

Beim Betreten des Lesezimmers findet er auf dem Schreibtisch, und überall am Fußboden verstreut, beschriebenes Papier. Er betrachtet die Blätter und wundert sich über das Gemisch von lesbaren und nicht lesbaren Zeichen. Er sammelt sie kurzentschlossen ein und beschließt, sie heute in seiner Vorlesung zu verwenden.
Als er angekleidet und zum Verlassen der Wohnung bereit ist, greift er noch einmal nach den Papieren, um sie im Lesezimmer zu deponieren. Er zieht dabei die letzte Seite hervor, die sofort seine Aufmerksamkeit erregt, denn sie ist nicht mit der Maschine getippt wie die übrigen 26 Blätter, sondern wurde von einer eiliger Hand mit einem Kugelschreiber beschrieben.

Oft habe ich mich während meiner Beobachtungen wie in einem Film gefühlt. Ein Film, in dem ich selbst eine Rolle spielte, die ich als Zuschauer jedoch beeinflussen konnte. Ich kann nicht recht beurteilen, ob dieses Detail unwichtig ist oder gerade für Sie, verehrter Kollege, von Bedeutung sein könnte.

Sollten Sie im Zusammenhang mit K. etwas Ähnliches feststellen, so wissen Sie hiermit immerhin, daß die Option eines direkten Einflusses des Zuschauers auf die von ihm gespielte Rolle kein singuläres Phänomen ist.

Der Film K. ist abgedreht, aber kein Zentimeter Zelluloid wurde belichtet, keine Kamera geschwenkt; keiner der Darsteller wird geehrt werden mit dem Goldenen Pilz.

Das Beste an diesem Film war die Drehzeit, denn für die Dauer der Drehzeit verlief die Zeit nicht linear. Die an der Produktion beteiligten Personen verzichteten auf die Volksdroge Erklärung und bekamen eine Vorstellung davon, wie konstant und wunderbar das Leben ist, wenn das erste Gesetz der Erde - die Schwerkraft - aufgehoben ist.

Möglicherweise arbeitet ein uns unbekannter Regisseur in einem aufgegebenen Gedankengang weiter an der Inszenierung und braucht nur erfahrene Beleuchter.

Kerqh starrt die Nacht an aus abgerechneten Augen

jeder Tag frißt ihm aus der Hand sein eignes Licht

wer die Namen kennt kann den Zeitcode knacken &
eine entschlüsselte Botschaft lautet:

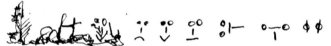

Tod & Rückzug der Wirklichkeit & Kapitulation
der Wahrheit an allen Wahrnehmungsfronten

5. Aufzeichnung: ein weiterer Arbeitstag Dr. Thordocks

Dr. Thordock betrachtet das Blatt eine Weile, um sich die Schrift genauer anzusehen, die ihm sofort bekannt vorgekommen war, ja sogar eine gewisse Ähnlichkeit mit seiner eigenen Handschrift aufzuweisen scheint. Ihm kommt der Verdacht, es könnte jemand versucht haben, seine Handschrift zu kopieren, um ihn, aus welchem Grund auch immer, zu verunsichern.

Außerdem, sagt er sich, ist es doch, gelinde formuliert, eine Frechheit, wenn jemand ein Wort, das er gefunden hat, einfach so benutzt, noch dazu ein Wort, das bislang keine Sinnbindung kannte. Im Grunde kann doch nur ein Student dahinterstecken. Oder ein Kollege, der sich in die Vorlesung geschlichen hatte. Andererseits, bedenkt er, gibt es aus der Geschichte der Erfindung genügend Beispiele für die Parallelität von Entdeckungen, und es könnte also durchaus sein, daß die ganze Sache seriös ist, daß einfach jemand zur gleichen Zeit auf dieses Wort gekommen ist, vielleicht ein paar Tage früher. Oder Wochen. Was macht das schon.

Jedenfalls hatte dieser Jemand Zeit, sich damit ausführlicher zu befassen, im Gegensatz zu ihm, der noch dazu von einem Hocker gestürzt und in der Folge ein paar Tage bettlägerig war. Er würde noch herausfinden, sagte er sich, wer dahintersteckt, und verließ das Haus.

Der seit drei Tagen und Nächten gegenüber des Hauses parkende PKW wurde angelassen: der Agent beeilte sich nicht, seinem Objekt zu folgen, er ließ sich Zeit, denn er war sich völlig sicher, daß er nur in Position zu gehen brauche, um seine Observation fortzusetzen.
Außerdem hatte er Fetzen von Selbstgesprächen, wie sie Dr. Thordock morgens oft führt, mitgeschnitten und soeben die Rekonstruktion abgeschlossen, die an seinen Vorgesetzten sogleich zu übermitteln ihm angeraten schien, denn immerhin war das ein Zeichen, daß Bewegung in den Fall kommt.

Agent: In bestimmten Stadien der Einsicht sei es besser, nichts schriftlich zu fixieren über die Zusammenhänge, die dazu geführt haben.
Stimme: Wozu?
Agent: Zu den Einsichten, nehme ich an.
Stimme: Wir werden das decodieren. Weiter?
Agent: Das Wort müsse frei bleiben.
Stimme: Aha, er wird langsam deutlicher, der Bursche. Und?
Agent: Nie sei es mehr vergewaltigt worden als im Namen der Freiheit.
Stimme: Das sind ja wahrhaft revolutionäre Erkenntnisse. Mehr davon?
Agent: Er halte das Wort für die Schöpfung selbst, das Wort sei geradezu der Atem des Schöpfers. Und man solle die Luft anhalten, wenn die

Freiheit von Marktschreiern verkündet wird. Und man solle das Messer nehmen, wenn die Freiheit zu verschwinden droht in einem Namen.
Stimme: Poetisch, wirklich sehr poetisch. Aber noch nicht poetisch genug.
Agent: Es geht noch weiter, Chef. Das Gesetz sei die Quelle, aufbrechend in deinem Mund
Stimme: In deinem? sagte er in deinem Mund?
Agent: Genau das... und zwar sollst du ihn - ich zitiere jetzt wörtlich - öffnen, wenn dir die Brunnenverwalter auf deine Lippen spucken.
Stimme: Der hält uns wohl für so blöd und ungebildet, daß wir die Chiffre nicht knacken können? Da hat er sich aber geirrt. Altes Thema in der griechischen Mythologie, mein Freund, Apollon hat nämlich der Kassandra auf die Lippen gespuckt, um ihre Prophetien wirkungslos zu machen, und da wollen wir doch Apollons folgsame Schüler sein, nicht wahr, und nun weiter im Text.
Agent: Nicht das geschriebene, nur das gesprochene Wort sei lebendig, denn das könne man nicht einpacken, mit nach Hause nehmen und in ein Regal stellen. Das ausgesprochene Wort sei in der Welt, obwohl es unstofflicher Natur wäre. Einmal ausgesprochen sei es Fluid - flutsch und weg.
Stimme: Flutsch und weg?
Agent: Ich hab's zumindest so verstanden.
Stimme: Na, dann verstehen Sie mal schön weiter und lassen Sie's flutschen. Ende.

Dr. Thordock, angekommen im Bürogebäude, wartet auf den Fahrstuhl und erinnert sich seiner ihm bewahrenswert erscheinenden Gewohnheit, die Zeit des Wartens mit Reflektionen über das Warten hinzubringen. Warten, denkt er, ist eine ganz spezielle Form der Entfesslung von Zeit. Die meisten Menschen erleben die Zeit als etwas Verbindliches, sie laufen an ihrem Gängelband. Wer aber die Fesseln der Zeit löst, der kann die Gleichung *Gegenwart = Ewigkeit x Irrtum* lösen.

Warten, als Zustand innerer Ruhe und Erlösung von Zeit, ist ein Lösen von Knoten. So, wie man die Knoten an einem Paket löst, dessen Inhalt einem unbekannt ist. Wer zur Schere greift, verpaßt das Beste, sagt er sich, und betritt die sich öffnende Kabine.

Mit stürmischen Schritten erreicht auch Herr Nostradamos die Kabine, den grünen Schlapphut in der rechten Hand.

Etage 14? fragt Dr. Thordock, und zum ersten Mal, stellt Dr. Thordock fest, blickt ihm Herr Nostradamos in die Augen, wobei sein Gesicht Verständnislosigkeit ausdrückt.

Thordock: Sagen Sie, Herr Nostradamos, glauben Sie an Zufälle?

Ganz gegen seiner Erwartung wechselt der Gesichtsausdruck des Angesprochenen von verständnislos zu freundlich. Herr Nostradamos deutet auf die elektronische Etageanzeige und sagt:

Der Ölpreis wird seinen Höchststand nicht halten können.

Menschliche Körper werden nach dem Tod zu Asche gemacht.

Der Lift stoppt, die Kabinentür öffnet sich surrend, und Herr Nostradamos verabschiedet sich mit einem freundlichen Nicken.

Im Korridor begegnet Dr. Thordock einem Kollegen, der ihn anhält.

Kollege: Na, wie geht's denn? Haben Sie sich erholt? War eine böse Sache neulich, dieser Sturz. Kann auch nur Ihnen passieren, meinte der Rektor. Ihr Pflichtgefühl in allen Ehren, aber wissen Sie, daß die Vorlesung, die Sie am Tag Ihres Unfalls gehalten haben, für Wirbel gesorgt hat?

Thordock: Wieso?

Kollege: Ach, das hab ich vermutet: Sie erinnern sich nicht genau, stimmt's?

Thordock: Ich weiß nicht. Was meinen Sie?

Kollege: Damit Sie es wissen: ich bin auf Ihrer Seite. Ich habe sofort den Standpunkt vertreten, daß man Sie dafür nicht verantwortlich machen kann, schließlich ist eine Gehirnerschütterung kein Schnupfen, nicht wahr. Ich finde, wir sollten untereinander mehr Verständnis haben und vor allem etwas solidarischer miteinander umgehen.

Thordock: Ich kann Ihnen nur beipflichten - wissen Sie übrigens, wer dieser Mann mit dem grünen Hut ist? Er fällt mir schon eine ganze Weile auf, rätselhafter Mensch.

Kollege: Was, den kennen Sie nicht?

Thordock: Ja und nein, deshalb frage ich ja. Er wohnt in meinem Haus, heißt Nostradamos und grüßt nicht. Wenn man ihn anspricht, reagiert er mit ominösen Sprüchen. Er irritiert mich.

Kollege: (lacht, winkt ab) Typisch, wirklich typisch - alle im Haus wissen es, nur Sie haben keinen blassen Schimmer. Der Grüne, wie wir ihn wegen des Schwebdeckels nennen, den er meistens trägt, ist ein Grieche, der bei uns Deutsch lernt.

Thordock: Wieso lernt? er spricht doch Deutsch.

Kollege: Er ist höflich und verklemmt, aber für einen Anfänger spricht er ganz leidlich.

Thordock: Was heißt leidlich - er formuliert geschlossene Sätze, die allerdings ziemlich unsinnig sind.

Kollege: Sie lassen mich nicht ausreden. Bevor der Grüne zu uns kam, hatte er das Buch eines Autoren gelesen, der zufällig den gleichen Familiennamen hat wie er - ein Arzt aus dem 16. Jahrhundert, der seinem Sohn ein Buch mit Prophetien hinterließ. Dieses Werk hat der Grüne gelesen, mehrfach, er kann es auswendig, und er glaubt, er könne den Lernprozeß beschleunigen, indem er daraus zitiert. Das Wichtige an einer Sprache, meint er, sei der Klang, und indem er den Klang übe, übe er das Gespräch. Kann man verstehen, wenn man weiß, daß er von Hause aus Komponist ist.

Thordock: Komponist? Ich dachte, er ist Busfahrer?
Kollege: Wirklich? Kann ich mir kaum vorstellen.
Thordock: Ich hab ihn gesehen, er saß hinterm Steuer.
Kollege: Wann haben Sie ihn gesehen?
Thordock: Vor drei Tagen, als ich...oder war es vor vier Tagen?
Kollege: Er wird einen Doppelgänger haben.
Thordock: Tja, so was hätte ich auch gern - einen Doppeldecker! Entschuldigen Sie mich, meine Vorlesung beginnt gleich.

Der Hörsaal ist gut gefüllt, als Dr. Thordock an das Rednerpult tritt und seine Vorlesung beginnt.

Thordock: Meinen heutigen Vortrag möchte ich beginnen mit einigen kurzen Anmerkungen zu einem besonderen Aspekt abendländischer Kultur: das Aquarium. Sie alle wissen, was ein Aquarium ist und wozu es dient. Um Ihnen umständliche Theorien zu ersparen, und um gleichzeitig Ihre freien Assoziationen auf Trab zu bringen, bediene ich mich dieses alten Projektors. Was Sie im Folgenden zu sehen bekommen, verdanke ich übrigens einem Kollegen, der sich mit dem Gedanken trägt, ein Institut zur Erforschung der Gegenwart zu gründen, das sich, wie er mir versicherte, vornehmlich der Untersuchung dissipativer Strukturen im

Sozialgefüge zuwenden soll mit Schwerpunkt auf den Einfluß bestimmter Gesellschaftstänze. Eine interessante Unternehmung, wie ich finde.

Eine Studentin - sie trägt ein weites geblümtes Kleid, an dem sie fortwährend zupft, als wäre es von Fusseln bedeckt - erkundigt sich mit einem Zwischenruf, ob *Kerqh* möglicherweise eine Mutation der *Blauen Blume* sein könnte, denn ihr käme das alles im besten Sinne romantisch vor und sie könne sich vorstellen, daß heutzutage, wo stündlich irgendeine Art aussturbe, die Natur zu ungewöhnlichen Mitteln der Selbsthilfe greife, und aus ihrer eigenen Selbsthilfegruppe sei ihr bekannt, daß das, was man vermisse, unweigerlich zur Begegnung mit dem Postboten führen würde, der stets ein neues Abonnement parat habe.

Dr. Thordock übergeht die egozentrische Abschweifung der Studentin mit dem ihm eigenen, kaum wahrnehmbaren Lächeln und legt eine neue Projektion in den Apparat.
Danach bittet Dr. Thordock um 30 Sekunden Stille, damit sich die Wesen im Aquarium beruhigen können.

Als die Frist um ist, meldet sich ein Student zu Wort, dessen Haar kurz geschoren ist. Er bittet im Namen der Studentenschaft um Nachsicht für die ignoranten Reaktionen seiner Kommilitonen in der letzten Vorlesung, die ihm besonders deshalb peinlich gewesen wären, da eben diese Vorlesung die erste im ganzen Semester gewesen sei, die er als wirklich lohnend empfunden habe, nicht zuletzt deshalb, weil er ein Thema berührt gesehen habe, das gerade in der Gegenwart wieder Aktualität gewinnt: Okkultismus.

Thordock (richtet sich auf): Wissen Sie, was Okkultismus ist? Wenn Sie mit Ihrer Wohnungstür auf dem Rücken durch die Stadt laufen, und niemand klopft an. Das verstehe ich unter Okkultismus, aber das hat natürlich gar nichts mit dem Begriff zu tun, denn was man heute normalerweise darunter versteht, ist ja nur ein Zerrbild der Wissenschaft im Spiegel des Irrationalismus.
Okkultismus ist ein Atavismus. Wer das heute ernsthaft betreibt, muß sich fragen lassen, ob er die letzten 2000 Jahre verschlafen hat.
Dazu gehören aus meiner Sicht nicht nur die selbsternannten Okkultisten, sondern auch Wissenschaftler, die nicht wissen, daß sie im Verborgenen forschen, denn Okkultismus ist ja nichts anderes als die Lehre vom Verborgenen. Es ist aber nichts verborgen, es sei denn, man besteht auf seiner Blindheit, und das tun viele. Warum? Es wird gut bezahlt, und der Geldgeber verlangt ja nicht, daß man mit einer Blindenbinde zur Arbeit geht.

Bedenken Sie den Zusammenhang zwischen verborgen und borgen: die im Verborgenen suchen und sich das bezahlen lassen, leben ein geborgtes Leben, das sie nie zurückzahlen können. Mit Ihrem BaFög verhält es sich, ich weiß, nicht ganz so einfach.

Sie können sich trösten, denn diese Zuhälter der Dummheit, die das arme Mädchen Wissen anschaffen lassen, wird der Teufel abholen zur Strahlentherapie, die zwar selten dem Patienten, aber fast immer denen nützt, die weiter im Verborgenen forschen. Denken Sie an die Foltermaschine in Kafkas Strafkolonie: nicht die Gefangenen, die Wärter sind die wahren Opfer.

Einen Moment ist es still, dann ruft derselbe Student, ein Zittern in der Stimme kaum unterdrückend: Und was, bitte, ist mit der Esoterik? Das ist doch so was ähnliches, oder nicht?

Thordock: Also, entschuldigen Sie bitte, wenn ich Sie erstens darauf hinweise, daß ich hier nicht als Zahnarzt stehe, der Ihre Beißlücken schließen muß, und daß ich zweitens Ihre Frage nicht beantworten kann, denn diese Frage ist Quatsch. So, wie Sie hier sitzen, sind Sie alle Esoteriker, denn Esoterik heißt nichts weiter als Eingeweihtsein in Etwas. Was dieses Etwas ist, darüber sagt das Wort von der Esoterik nichts aus. Was aber Eingeweihtsein bedeutet, das wissen Sie spätestens dann, wenn Sie etwas erfahren, was Sie selbst nicht erlebt und erfahren haben: Sie können es drehen und wenden, wie Sie wollen, Sie sind nicht dabei gewesen. Wie viele sind heute nicht hier, können nicht das mit uns teilen, was wir miteinander teilen? Was macht jetzt Ihr Vater, was Ihre Mutter? Wissen Sie es? Keine Ahnung, stimmt's? Wenn Sie nachher die Uni verlassen, können Sie sehr schnell zum Exoteriker werden, wenn Sie nämlich jemanden etwas von dem, was Sie jetzt und hier erfahren, allgemeinverständlich zu machen versuchen.

Esoterik ist die Gewißheit der gemeinsamen Erfahrung, Exoterik die Ungewißheit der Weitervermittlung. Man könnte auch sagen: Esoterik ist die Notwendigkeit des Lernens ohne Lehrer, Exoterik die Bequemlichkeit des Lernens mit einem Lehrer. Esoterik ist Erfahrung, Exoterik ist Spekulation. Hat übrigens schon Pestalozzi gewußt.

Und damit Sie sich nicht täuschen und glauben, was ich Ihnen hier erzähle, bleibt das folgende unter uns. Was tue ich, wenn ich hier stehe? Ich spreche zu Ihnen. Anfangs schauen Sie mich an, nehmen die Farbe meiner Kleidung wahr, meine Physiognomie, meine Gesten, und dann gleiten Ihre Blicke allmählich woandershin, bleiben irgendwo hängen, während Sie weiter meiner Rede zuhören, wie ich hoffe. Aber Sie nehmen mich nicht mehr wahr, Sie orten nur einmal die Quelle der Sprache, dann folgen Sie ihrem unsichtbaren Lauf. Das ist keine Kritik, nur eine Feststellung. Sprechen ist ein Abfall vom Versprochenen. Wenn ich spreche, erfahre ich mich selbst in den Blüten der Gravitation.

Das Wort ist ein Abfallprodukt des Schweigens, es beschreibt den Abfall eines Traumes vom Schläfer.

Studentin (sich das lange schwarze strähnige Haar aus dem Gesicht harkend): Aber die Wissenschaft hat doch...

Thordock: Die Wissenschaft! Ich will Ihnen was sagen: die Wissenschaft war der Einbruch des Chaos in die Ordnung der Seele. Sollte die Wissenschaft jemals den Grad der Ganzheit erreichen, den sie durch die Installierung immer neuer Teilbereiche ihrer Forschung zu erreichen sucht, dann wird sie an dem Tag von selbst verschwinden, an welchem ihre Formen unter dem Druck einer neuen Qualität zerbrechen. Verborgenes Grundmotiv vieler Wissenschaftler ist der Wunsch nach Rache an einer Natur, die nicht der Vorstellungen des Menschen gemäß eingerichtet zu sein scheint, aber in einem ganzheitlichen System gibt es keine Rache.

Student: Können Sie etwas sagen zum Verhältnis von Sein, Bewußtsein und Geist? Ich meine, Bewußtsein bestimmt doch das Sein - und der Geist?

Thordock: Sein bestimmt Bewußtsein, das ist ja erst einmal nicht falsch, aber es ist genauso, als würde man sagen, das Haus, in dem ich lebe, ent-

scheidet über die Wohnqualität. Es ist möglich, in einem Palast wie ein Bettler zu leben, man kann aber auch in einem Abbruchhaus wie ein Fürst residieren. Der Unterschied zwischen Bewußtsein und Geist besteht in der Anpassung.
Bewußtsein hat seinen Grund in der Erfahrung, es ist ein Medium der Anpassung an Umstände. Geist hat seinen Grund in der Vision und bereitet eine neue Wirklichkeit vor, die mit Anpassung gar nichts zu tun hat, sondern alle bestehenden Modelle verwirft zugunsten der Vision. Sagen wir es so: Geist ist der Universalschlüssel zu jeder Bewußtseinstür.
Die Souveränität des Geistes stellt sich erst dann her, wenn man die Treppen des Nachbars benutzt, um in das eigene Haus zu gelangen.
Das heißt: die naheliegenden Räume des nächsten Fremden durchmessen, bevor man einkehrt bei sich selbst.
Das menschliche Bewußtsein ist eine Schaukel, befestigt an einem Ast des Erkenntnisbaumes, hin und her schwingend zwischen der Quelle des Glaubens und dem Sandkasten des Wissens.
Eine Schaukel, auf der es nur Kinder und Weise länger aushalten.
In der Regel sind wir auf irgendeinem Weg, suchen etwas, oder streben in eine bestimmte Richtung. Einige ganz Schlaue begeben sich auf die Suche nach sich selbst, bemerken dabei aber meist zu spät, daß sie mit jedem Schritt in Richtung Selbst tiefer hineingeraten in das Dickicht ihrer Herkunft.

Wer den Weg aus diesem Dickicht heraus findet, ist behaftet mit dem unscheinbaren Samen seiner Ahnen, und trägt ihn in die Welt, womit wir gleichzeitig ein Modell für Reinkarnation vor uns sehen, die weitaus komplizierter verläuft, als sich das die Hasenzüchter vorstellen. So. Darf ich fortfahren, indem ich nun zum Kern der heutigen Vorlesung komme? Also. Kommen wir nun zur Verpackung.

Student: Bitte, bevor wir das Thema wechseln, erklären Sie bitte, wer oder was ist denn nun Kerqh? Ihre Auskunft vorhin ließ mich völlig unbefriedigt." (Einige Studentinnen kichern.)

Thordock: Vielleicht ist Kerqh ein Tippfehler, der sich selbständig gemacht hat. Sie wissen doch: heutzutage macht sich jeder selbständig.

Student: Aber wenn es so wäre, wo lebt er denn und was macht er?

Thordock: Das will ich Ihnen sagen. Sie wissen, daß es auf die Verpackung ankommt, ja? Hat sich doch rumgesprochen, oder? Gut.
Wissen Sie aber auch, daß Ihr Wissen niemals einen Grünen Punkt erhalten wird?
Sehen Sie: Verpackungen sind in der Regel wiederverwertbar und unterscheiden sich deshalb grundlegend von ihrem Inhalt, der verbraucht wird.

Kann eine Idee oder ein Gedanke verbraucht werden? Ja, wobei wir unterscheiden müssen zwischen Verbrauch und Gebrauch. Verbrauch bezeichnet eine massenweise Konsumtion, die massenweise Wiederherstellung des Verbrauchten nach sich zieht. Gebrauch bezeichnet individuelle Anwendung, die das Produkt einer immer neuen Spezifizierung und Anpassung an die Gegebenheiten des einzelnen unterwirft.

Kurz gesagt: massenweise verbrauchte Ideen und Gedanken werden zur Verpackung, ihr eigentlicher Inhalt mutiert zum Zeichen, zum Design.

Donald Duck oder Marxismus oder - hier sind die Brettspieler gefragt. Ist ein Brettspieler unter uns? Wenn ja, soll er still sein, denn das ist die Eigenschaft von Spielen, Brettspiele eingeschlossen, die ja nur eine Unterart darstellen.

Donald Duck ist die soziokulturelle Verpackung für die Vorstellung von der Langenweile, nicht aber von der Idee. Wenn Sie „Meine Gans Gudrun" lesen, dann lesen Sie den Inhalt der Langenweile, was für die meisten wohl langweiliger ist als einen Donald-Duck-Comic zu lesen, denn wer will schon Qualität verbrauchen - wenn es um das Verbrauchen geht, ist die Quantität entscheidend, nicht die Qualität.

Qualität bedeutet immer ein Opfer, einen Verlust. Wenn Sie im Verlauf eines Erkenntnisprozesses nicht den schleichenden, aber sicheren Verlust der Dummheit empfinden, sind Sie garantiert auf dem falschen Dampfer.

Die christliche Religion beginnt mit einem Opfer, ebenso die antiken Grundlagen unseres modernen Staatswesens. Theseus hätte nichts zu tun gehabt, wenn Minotaurus nicht unerbittlich Opfer gefordert hätte, und Ariadne hätte ihr wunderbares Knäuel höchstens zum Stricken verwenden können.

Studentin: Halten Sie die Bindung der Werte unserer modernen Gesellschaft an mythologische Grundmuster nicht für einen Atavismus?

Thordock: Gegenfrage: ist Struktur die Mutter der Inhalte oder nur das Kindermädchen? Die Frage ergibt sich aus der immer häufiger zu hörenden Prämisse, man müsse sich unverständlich ausdrücken, wenn man akzeptiert und gehört werden will, denn hinter der Hand halten es immer mehr Zeitgenossen für ausgemacht, daß wir in einer Welt der Reproduktion von Unsinn leben, und deshalb, so ihre Folgerung, könne nur das Sinnlose diesem Kreislauf eine neue Qualität geben.

Es muß sich also niemand, der etwas Verständliches sagt, wundern, wenn man ihm den Vogel zeigt und verrückt nennt. Der Mund, der sich öffnet und schließt, um Inhalte zu äußern, wird als gefährliche Schere betrachtet, die die Nabelschnur zur Mutter der Vorstellungen trennen will.

Sollten allerdings Sie zu den Verrückten gehören, können Sie sich beruhigen, denn diese Praxis der Umwandlung von Wirklichkeit in Schein muß im Umkippen der Vorstellungswelt gipfeln. Wenn das geschieht, wird sich

niemand mehr erinnern, wie die Welt war, bevor sie in den Vorstellungen versank. Die auftauchende Welt wird neu und scheinfrei sein: überall hilfsbereite Nichtraucher, die Schafe hüten und Volkslieder singen. Ich hoffe, Sie wissen, was ich meine. Interessanter ist natürlich die Frage, ob Engel über ihre Flügel hinauswachsen können.
Gasthörer: Können Sie mir die Frage beantworten, ob Schlaf dual ist oder nicht?

Thordock: Eine gute Frage, die ich so nicht beantworten kann. Aber auf jeden Fall sind Träume nicht wiederverwertbar.

Student: Sie hatten in Ihrem letzten Seminar angeregt, das Fallgesetz als Fallengesetz zu bezeichnen. Was bedeutet das in Bezug auf das Individuum?

Thordock: Jeder Mensch ist eine Falle, und die meisten investieren ihre ganze Kraft in die Beschaffung immer neuer, möglichst frischer Köder, damit die Falle nicht ihre Funktion verliert.
Köder gibt es so viele wie es Individuen gibt, aber der Mechanismus ist immer der gleiche. Sie kennen doch alle das Kinderspiel „Hast du keinen, fang dir einen". Angst ist das treibende Motiv in diesem Lustspiel, in dem viele partout ein klassisches Drama erkennen wollen.

Fallen kann nur, wer nicht gefällt. Bingo. Oder anders ausgedrückt: wer dem Rudel die Kehle darbietet, wird zwar nicht totgebissen, aber spätestens an diesem Punkt muß er der Rentenversicherung beitreten.
Ich möchte jetzt über die Bedeutung sprechen.
Bedeutungen werden gemacht, genauso wie man Hefeklöße macht. Man weiß, daß Hefeklöße schwerfällig machen, auch dick. Für eine Hefekloßköchin, die sich ihrer Verantwortung bewußt ist, können deshalb fünf Minuten am Kochtopf zu einer langen und schweren Prüfung werden.
Wenn ein Vergleich hinkt, bedeutet das noch lange nicht, daß die anderen Vergleiche, die nicht hinken, besser sind. Vielleicht haben die anderen Vergleiche nur perfekte Prothesen.
Die Verpackung ist das, was verworfen wird um des Inhalts willen und ihre einzige und eigentliche Aufgabe ist es, in einer geheimnislos gewordenen Welt dem Bedürfnis nach dem Geheimnis und seiner Entdeckung gerecht zu werden. Sollte Sie in die glückliche Lage der Wiederverwertbarkeit kommen, tun Sie es niemals heimlich.

Der sonst eher zurückhaltende Student der Heimatkunde steht offenbar noch ganz unter dem Eindruck, was Dr. Thordock über Kerqh mitteilte, denn er platzt mit seiner dünnen Stimme mitten in den Vortrag und will wissen, was Kerqh eigentlich zu Weinachten macht.

Thordock (ignoriert die Frage): Wir kommen nun zum Bild und der Vorstellung. Das Bild ist etwas, das existiert.
Die Vorstellung ist etwas, das gemacht wird. Ein Bild kann man nicht waschen, trocknen und aufhängen, es würde dabei alle seine Eigenschaften verlieren. Das gilt auch für die Vorstellung, nur mit dem kleinen Unterschied, daß man Vorstellungen bügeln kann.
Das Wort Bedeutung hat seine Wurzel im germanischen Substantiv Þeudō, was einfach nur Stamm oder Volk heißt.
Was wir mit Bedeutung meinen, ist eine in den Stand kollektiver Akzeptanz erhobene Chiffre, über deren Sinn Konsens herrscht, was die Eingrenzung eines Wortes auf den ihm unterstellten Sinn ebenso einschließt wie es die Wortwörtlichkeit eines Wortes ausschließt.
Ich bekenne mich deshalb zur Bedeutungslosigkeit. Ich liebe Bedeutungslosigkeiten. Erinnern Sie sich nur an die faltigen Gesichter der Sekundärrohstofferfasser, wie verbittert sie waren, weil ihnen die bedeutende Aufgabe zukam, täglich zentnerweise den Tod von Bedeutungen in Empfang zu nehmen, und dafür noch Geld hergeben zu müssen. Und bedenken Sie, daß Einwegverpackungen von dem Problem nur ablenken. Bedeutungen zielen immer auf die Zementierung einer Deutung.
Das muß klar sein. Deutungen zerstieben Bedeutungen, ohne ihren Geruch zu verändern.

Bitte denken Sie immer daran, daß jedes Wort mit sich zufrieden ist. Ebenso jedes Ding, jedes Bild und jede Leere.
Wir erschaffen nichts, wir reproduzieren nur im richtigen Augenblick etwas Vergessenes in den Kommunikationsformen der Epoche, deren Zeichensprache wir uns bedienen. Sicher keine umwerfende Neuigkeit für Sie, aber versuchen Sie einmal, diese Aussagen sinnvoll auf das Verhältnis Inhalt - Verpackung anzuwenden. Braucht das Universum eine Verpackung? Guten Tag.

Dr. Thordock wendet sich zur Tür, um den Saal zu verlassen, bleibt aber noch einmal stehen, als ihm ein Student nachruft, er habe sich nicht an die Zeit gehalten. Welche Zeit, fragt Dr. Thordock zurück, Ihre Zeit? meine Zeit, die der Universität oder die der australischen Ureinwohner?

Einige lachen, andere schütteln die Köpfe; Dr. Thordock verläßt den Raum, geht zum Sekretariat, sieht Frau Wein hinter dem Schreibtisch sitzen, grüßt, erwidert ihre Frage nach seinem Befinden mit einem aufgeräumten *„Gut"*, erkundigt sich nach den Äpfeln, die sie ihm mit einem langen Kommentar zur Minderwertigkeit von aus Holland importierten Tomaten aushändigt, anfügend, den alten Nylonbeutel könne er ihr irgendwann zurückgeben, das habe keine Eile, der tauge sowieso nur noch für den Wald, und jetzt sei ja keine Pilzsaison, was er bestätigt, um sich zu verabschieden mit dem Kompliment, das rote Kleid würde ihr ausgezeichnet stehen.

Dr. Thordock bindet sich im Gehen die Krawatte ab, im Ohr des Agenten ein plötzliches Schaben verursachend, das diesen mit schmerzverzerrtem Gesicht nach dem Lautstärkeregler greifen läßt, den er jedoch zu spät zu fassen bekommt, denn ebenso plötzlich, wie er einsetzte, ist der Lärm vorbei, und nun hört er nichts weiter als die Stille im Innern eines Papierkorbes. Er ahnt, was geschehen ist, betätigt einen anderen Knopf und meldet:

Agent: Wanze ausgefallen, erbitte Instruktionen.
Stimme: Dann drehen Sie mal an der Sonne und lassen sich was einfallen... gut, das ist nicht Ihr Ding, ich weiß, schließlich säßen Sie nicht dort, wo Sie sitzen, wenn Ihnen gelegentlich etwas einfallen würde. Präparieren Sie seine Manschetten. Und geben Sie Lagebericht.
Agent: Seinen letzten Vortrag habe ich protokolliert. Bitte um Kurier zur Überstellung. Zielperson befindet sich im Moment auf dem Heimweg, nehme Positionsänderung vor.

Zu Hause angekommen, begibt sich Dr. Thordock in das Lesezimmer, legt die Beine hoch und widmet sich der Lektüre des Briefes, die er nach dem Bad unterbrochen hatte.

Manchmal hatte ich, während ich an diesen Aufzeichnungen für Sie, verehrter Kollege, arbeitete, das untrügliche Gefühl einer mittelbaren Anwesenheit K's.
Vor allem, wenn es regnete und ich am Fenster stand, um über all die mysteriösen Dinge nachzudenken, kam es mir manchmal vor, als ginge K. ziellos durch die Straße. Über diesen emotionalen Zustand wäre folgendes zu bemerken:

Vermummt sitzt *Kerqh* in der allabendlichen Peepshow & demonstriert damit seine etwas eigenwillige Einstellung zu den elektronischen Medien. Vielleicht will er aber auch nur seine postmortale Beschaffenheit kaschieren oder er weiß, daß er sein wahres Gesicht dem Bund der Verbraucher nicht zumuten sollte... wie dem auch sei - im Rahmen des Regens klopft *Kerqh* immer wieder mal an mein Fenster & wenn ich ihm öffne, zeigt er mir die nachbarliche Verdunkelung.

Der folgende Text versucht erneut, einen Zustand zu schildern, den ich als „Zuschauersyndrom" bezeichnen würde. K. ist hierbei die Materialisation des Zustandes und zugleich aber auch dessen Metapher dieses Zustandes.

Ich habe den Ort der Handlung nach Leipzig verlegt, weil es dort auffällig viele Spezialisten gibt, denen man zwar authentische Kerqh-Erfahrung ansieht, die man aber besser nicht danach fragen sollte.
Sie sind mit Leipzig ja bestens vertraut, was ich von mir nicht sagen kann, und wenn Sie den folgenden Text nicht nachvollziehen können, dann rate ich Ihnen einen ausgedehnten Spaziergang, den Sie am Völkerschlachtdenkmal beginnen sollten. Von dort gehen Sie Richtung Norden, an der Messe vorbei, schwenken dann nach rechts, passieren das Altenheim, beachten bitte diese zur Zeit noch einzigartige Harmonie von bewohnbaren und nicht mehr bewohnbaren Häusern, gelangen dann zum Straßenbahnhof Reudnitz, schwenken dort ein in die Kohlgartenstraße, laufen diese vor bis zu einer Villa, die von hustenden oder sonstwie kränkelnden Menschen frequentiert wird, biegen dann erneut rechts ab und gelangen auf eine kopfsteingepflasterte Straße. Den nächsten Passanten, der Ihnen begegnet, fragen Sie nach *Hoffman's Bierstuben*; Sie werden das Lokal leicht finden. Kehren Sie möglichst vormittags dort ein, und beachten Sie auf Ihrem Weg unbedingt die vielen Imbißbuden und fliegenden Händler.

Wenn Sie dem folgen, werden Sie von Ihrer Umgebung, besonders von den Kellnerinnen in *Hoffmann's Bierstuben*, beeindruckt sein und wissen, was ich meine.
Sollten Sie nach diesem Ausflug noch Kraft haben, setzen Sie sich in eine Straßenbahn und fahren nach Grünau; wären Sie romantisch veranlagt, würde ich Ihnen Connewitz oder Plagwitz empfehlen, doch schätzen Sie sicher Überraschungen.

Kerqh wäscht sich im Staub der Geschichte, was den eindeutigen Vorteil hat, daß er nicht auf eine eigene Badewanne angewiesen ist.
Als Reinigungsmittel genügt ihm eine Lösung aus Zitaten & Aceton.
Seine verzettelten Tage hinterlassen Gedächtnislücken & liegen als eine Art Konfetti herum im Großraumbüro der Endzeittechnologen.

Wenn die Kurse fallen, erhebt sich *Kerqh* aus dem Schoß der Selbstgespräche. Die Königin der Waschmittel verteilt die Absolution der Phosphatfreiheit: vom Himmel sinkt weißer Schaum auf die weichgespülten Zuschauer.

Kerqh vertritt sich selbst in einem Volk von Stellvertretern - sein Selbst ist ein Volk von Ameisen in der Diaspora.

Zwischen den Vorstellungen ist *Kerqh*, wie die meisten Zuschauer, beschäftigt mit der Umverteilung täglicher Defizite vom Haupteingang zur Hintertür: Säcke voll von abgestoßenen Schlangenhäuten.

Der Ölfilm ist der letzte Film & *Kerqh* weiß: nicht hinschauen macht die Sache nicht besser & schlägt deshalb vor: jeder geht auf Sendung & niemand kehrt zurück an die Börse der Festwerte.

Raben umkreisen das Völkerschlachtdenkmal, die Zuschauer liegen eingegraben im Vielvölkerstaub der Muttererde Babylon, während im Pentagon die abgedrehte Wirklichkeit geschnitten wird zu Werbespots.

Kerqh starrt die Nacht an aus abgerechneten Augen, jeder Tag frißt ihm aus der Hand das eigene Licht.
Sie werden mich nicht für einen selbsternannten Propheten halten, wenn ich behaupte, daß man in einer nicht allzu fernen Zukunft eine Energiequelle finden wird, die es den Menschen erlaubt, sich mit einer heute für ausgeschlossen geltenden Geschwindigkeit von Ort zu Ort zu bewegen. Der Verbrauch von Energie wird nicht nur außerordentlich gering sein, sondern auch ohne negative Auswirkungen auf die Natur.

Dies kann natürlich erst geschehen, wenn eine dementsprechende Notlage eingetreten sein wird, die den Zusammenbruch der Autoindustrie nach sich zieht. Was der Begriff Notlage andeuten soll, können Sie sich mit Blick auf die derzeitige ökonomisch-ökologische Situation selbst vorstellen, aber denken Sie daran, daß in solchen Dingen Allah, Buddha, Christus, Jehova und noch einige andere Sonderbevollmächtigte ein Wörtchen mitzureden haben. In diesem Sinne folgt nun ein Text, der K's. Fußgängerpassion beleuchtet.

Kerqh schiebt sein Rädchen & wenn es radelt, ratzt es
in seinem Oberstübchen. Das würden all die anderen Fädchen
niemals fertigbringen.

Allerdings hat Knut beim Finanzamt einen Antrag zur Adaption des
Mädchens gestellt. Kerqh weiß, was & wer Knut ist:
ein Transporter grauer Truhen, der zu 12% dröhnt, seine Schubkarre
mütterlicherseits mit Kontoauszügen überlastet & außerdem mit den
Rückspiegelkontrollettis vom Landradamt unter einer Zulassung steckt.

Diesem Abhold darf das Rädchen nicht ins Ersatzteillager fallen.
Deshalb liebt Kerqh sein Rädchen & schließt es nicht mehr aus.

Der nun folgende Text ist eine reine Spekulation meinerseits über das, was K. tun würde, wenn er ein Zauberkünstler wäre, der mehr mit seiner Gabe anzufangen weiß, als in Variétes und Talk-Shows das Publikum mit näckischen Tricks zu amüsieren. Ich meine einen Zauberkünstler, der diesem Wort in seinem wahren Sinn gerecht wird.

Um Ihnen lästiges Nachschlagen zu ersparen, hier eine knappe Erläuterung: *Kunst* kommt zwar, wie man so sagt, wirklich von *können*, aber können geht zurück auf die idogermanische Wurzel *gên*, und diese wiederum bedeutet *erkennen*. *Zauber* dürfen Sie beziehen auf das aenglische Substantiv *Teafor*, welches meint, daß Zauberzeichen mit einer roten Farbe markiert werden, denn Zauberzeichen waren, wie Sie vielleicht wissen, ursprünglich Runen, also Schriftzeichen.
Zauberkunst bedeutet also eigentlich die Fähigkeit, den Sinn der Schriftzeichen erkennen und anwenden zu können.

Zufällig weiß ich, daß Sie in Ihren Vorträgen immer wieder, wenn auch meist nur andeutungsweise, das Bermuda-Dreieck Wirklichkeit-Wahrnehmung-Sprache behandelt haben, deshalb soll Ihnen der folgende Text nicht vorenthalten bleiben.

Kerqh richtet dem Land *Ofenaus* eine Bundesrepublik ein
mit Brachschmus & Klastertruppen.
Für jedes Raufhaus eine Spezialabteilung zur Selbsterfahrung
auf einem original friesischen Segler & jodelnde Bockwürste
in den Schaffenspausen.
Für jedes noch so kleine Ministerium
ein Mysterium spiegelkranker Bratpfannen - mit festverzinsten
Trompeten im Vordergrund natürlich.

Knödel im Grundgesetzsaft wird's geben & für jeden
trittbrettlägrigen Tunktionär eine Aktie am eigenen Sarg.
Ferner ein Wiegenlied abgestaubter Grenzen für die Mausfrau, singbar
in jeder verlebten Lebenslage & dann gibt's ein Hoppsassa für die Spring-
mäuse im Brandkasten
der freiwilligen Steuerwehr
nebst einem unverhörten Lied über all die eingeschmolznen Zinnsoldaten.

Ein ganzes Ensemble koffeinsüchtiger Sachsen
bringt bierseligen Exilbayern den Bauchklatscher bei,
wie er zuletzt von Kaiser Wilhelm vervollkommnet wurde.
Preußische Reusen, mit Nockerln im Haar, werden dem

außerirdischen Gast am Nachrichtenpool ein Gefühl typisch
schwäbischer Existenzangst vermitteln.

Zuletzt wird man eine Horde Nazis in ABM-Funktionen
dabei beobachten können, wie sie als lebende Souveniers
durch Disneyland marschieren.

Sie kennen nun einige Erscheinungsformen K's. und sind somit auf eine
direkte Begegnung einigermaßen vorbereitet.
Hier nun ein Text, der u.U. ein nützlicher Hinweis auf K's. Fähigkeiten ist,
sich durch die Materie zu äußern, ohne selbst den Umweg der Materialisation gehen zu müssen, um beispielsweise als Regulativ zu agieren.

Kerqh tritt auf als Regulativ & schreit
ein Buch. Das Buch beginnt mit dem Satz
in Cis & endet mit dem Wort.

An solchen Tagen sind Lichtabschürfungen
durchaus normal & natürlich sagt *Kerqhs*
Größe von 3 Kubikmetern nichts aus
über seine wahre Gestalt.

Skat spielen kann er auch nicht, aber
dafür kann er das Narrenschiff entern,
ohne sich vorher zu verkleiden.

Als Zeitreisender, beauftragt mit der Verhütung ökologischer Katastrophen, hat sich K. in unserer europäischen Zivilisation der 90er Jahre gründlich umgetan.
Das kann ich natürlich nicht beweisen, teile es Ihnen aber dennoch mit, weil dies, soweit ich weiß, bislang der einzige Eingriff K.'s. ist, der eine uns durchaus nachvollziehbare Absicht erkennen läßt.
Nachdem K. abgegessene Teller auf ihre Kompostierbarkeit hin untersucht hatte, und eine Zerfallszeit von 5 Hungerperioden ermittelte, ging er in den *Supermarkt Abendland*, um sich über die Hintergründe zu informieren.

Er tat, was alle taten: nahm Waren aus dem Regal, legte sie in einen Korb, schob den Korb durch die Gänge, reihte sich in die Schlange vor der Kasse ein, stapelte dann die Waren aus dem Korb auf ein Fließband, später wieder vom Fließband zurück in den Korb, schob den Korb ins Freie, entlang an Reihen parkender Autos, hielt vor einem an, öffnete den Kofferraum, stapelte die Waren aus dem Korb in den Kofferraum, fuhr in eine Wohnung genannten Kasten, in der ein kleinerer Kasten stand, Kühlschrank genannt, öffnete diesen, räumte alle Waren, die er zuvor aus dem Kofferraum geklaubt hatte, in die Fächer, wenig später aus den Fächern wieder heraus auf einen Tisch, vom Tisch in diverse Töpfe, aus den diversen Töpfen wieder in andere Gefäße, aus diesen Gefäßen schließlich in den Mund, von dort durch die Speiseröhre in den Magen, wo die Stoffe, wie Kerqh bemerkte, in ihre Bestanteile aufgeschlossen, zerlegt und gelöst wurden, um sich auf geheimnisvolle Weise in seinem Körper zu verteilen, von wo aus die verschieden verarbeiteten Stoffe Verteilung im ganzen Land fanden, um auf wiederum rätselhafte Weise schlußendlich hübsch verpackt und dosiert in den Regalen zu stehen.

Dieser Kreislauf, folgerte *Kerqh*, muß eine Folge der Gravitation sein, und ließ die Sache fallen in die Rubrik FIKTION.

Zwischendurch eine Anmerkung zum Wortstamm K's., der nicht teilbar ist, denn ein Phänomen wie dies, hervorgegangen aus einer kurzen & scherzhaften Vermählung von Bestandteilen & Versandteilen, ist im ganzen Sortiment enthalten, auch in den Meßinstrumenten, den Preisschildern & im Schimmel, der in jeder Präfixbildung wuchert.

Es wird Ihnen, Dr. Thordock, zweifellos einleuchten, wenn ich behaupte, daß Phänomene, Geheimnisse, Undeutbarkeiten und rätselhafte Dinge zuerst und nachhaltig von jenen Menschen aufgenommen werden, die es vorziehen, ihren Aufgaben im Verborgenen nachzugehen.
Mich jedenfalls hat es nicht überrascht, als ich einmal in einem obskuren Zirkel fundamentalistischer Dudenanbeter folgende hausinterne Mitteilung zugespielt bekam.

Kerqh splondert mit aussätzigen Sätzen.
Tintenfässer rollen über seine Tonfüße.
Scherben bereiten seinen Mund auf
& sein aufbereiteter Mund schreit: Frieden,
Mama!

Das ist das lang erwartete Zeichen
für alle menschenfreundlichen Pilze - endlich
steht die Ewigkeit offen zur totalen Besatzung!

Doch *Kerqh* weicht nicht & sei es Suppe
    ES LEBE DIE SUPPE*

Kerqh wird Enzyme züchten, bis eine Idee
ihn scheidet in Zwerg & Werk.

*Slogan einer Sekte, die für feste, ökologisch unbedenkliche Nahrung kämpft, sich aber gezielt solcher Umkehrungen bedient, um die Vertreter des pharmaindustriellen Komplexes zu täuschen.

Damit aber nicht genug, entdeckte ich in einer fragwürdigen Zeitschrift namens ORUP (Orbit Universal Press), die sich Themenkreisen wie der Chaostheorie, der virtuellen Realität oder den Prophezeiungen der Hopi-Indianer zuwendet, folgende kleine Anzeige.

Wir präsentieren Ihnen den Super-Partner!
Sein Name? KERK. Seine Größe? variabel.
Sie müssen nicht mehr zum Berg gehen -
der Berg kommt zu Ihnen, direkt in Ihr Haus!
Sie wollen Ihre Gartenzwerge digitalisieren?
Sie wollen die Biographie Ihrer Freundin
analogisieren? Sie brauchen einen verschwiegenen
Spezialisten für Lautmalerei?

Rufen Sie uns an*
KERK bestellen - am besten gleich!
Sie erreichen uns traumunter der Nachwahl**
Ihres Geburtstages rund um jede Uhr!

KERK steht Ihnen in der von Ihnen wahrnehmbaren Form jederzeit zur Fügung bereit! Klinken Sie sich ein!

* Das scheint auf eine Falle hinzuweisen.
** Vielleicht können Sie hinter diesem seltsamen Wortspiel einen Sinn ausmachen; oder handelt es sich um einen Druckfehler, der zufällig einen Sinn impliziert?

Ich hoffe, Ihre Geduld nicht zu sehr auf die Probe gestellt zu haben, verehrter Kollege, wir nähern uns dem Ende.
Zu den Versatzstücken, die mir über K. bekannt geworden sind, gehört auch der nächste Text, in dem ich das Phänomen als ein musisch ambitioniertes Medium zu beschreiben versuche.
Eine besondere Vorliebe scheint K. für abendliche Spaziergänge in Begleitung von Geigerinnen zu haben, denn dabei habe ich ihn mehrfach beobachten können.

Kerqh huscht durch die Abendhusche
von bleichen Geigerinnen begleitet
sucht er den richtigen Ton
im Telefon

von Zelle zu Zelle wächst die Zahl
der zur Zeit nicht Erreichbaren
von Stadtteil zu Stadtteil erlebt *Kerqh*
die Stadt als ein Ganzes
Universum verlassener Planeten

Wind spielt noch die Harfe
der Zweitanschlüsse & Freizeichen
weit draußen im Land, wo die Erde lauscht
ihrem verkrümelten Orchester
huschen
Kerqh & die gleichen Geigerinnen
von Spielfeld zu Spielfeld & am Himmel
blinkt der Sterne Spielgeld

Der nächste Text wird Ihnen vielleicht als eine ungeheuerliche Provokation erscheinen, Sie werden die Botschaft möglicherweise nur schwer akzeptieren können.
Aber Sie müssen mir glauben und jede Indiskretion meinerseits ausschließen. Dieser Text betrifft Sie im höchsten Maße persönlich.
Lesen Sie ihn viermal und betrachten Sie jedes Substantiv als ein eigens für Sie entworfenes Mandala.

Als *Kerqh* sich für eine Stunde verwandelte
in Dr. Thordock, interessierte ihn nicht länger
die Messung des Zeitunterschiedes
zwischen Idee & Endprodukt.
Er sah seinen Lehrstuhl an & sagte: schön
ist der kalbende Stuhl.
Dann sah er zur Uhr & sagte: schön
ist auch die Uhr, von erfahrenen Stunden
gemolken mit wissenden Zeigern.

Zufrieden bin ich's, dachte er, die Laute
des leisen Stiftes auf dem Papier zu hören.
Was, so sagte er, kann es Schöneres geben

als keiner Rechnung hörig seinen Kopf zu betten
auf den Handschuh der ersten Liebe.

Ein letzter Text, der sich auseinandersetzt mit den Bedingungen, auf die K. stößt bzw. wie er sie wahrnimmt, wenn er in unsere Zeit kommt. Es gilt noch immer *Pantha Rhei*, nicht wahr. Heraklits Feststellung *niemand tritt zweimal in den gleichen Fluß* muß aber, seit es Brücken, Reittiere und Gummistiefel gibt, als Prognose für eine kommende Ära voll unglaublicher Erfahrungsmöglichkeiten gedeutet werden.

Kerqh ist Treibgut auf dem Zeitfluß,
eine Kiste voller Löschpapier.
Auf datensicheren Flößen staken
Dichter an ihm vorbei in den
berühmten Nebel.
Am Ufer der vom Wind verlassenen Häuser
verbeugen sich die Jongleure heißer Kartoffeln
vor ihrem Wasserzeichen.

Die Saat der Sättigung ist aufgegangen
in kompostierten Informationen.

In geschlossenen Kelchen wüten Worte,
hinter der Sprachwand zerblätterter Zeitungen
singt *Kerqh* scherzblau angelaufen
im Chor der unverdrossenen Wasserläufer.

Bis die Wunde Wirklichkeit gestillt ist,
werden noch viele Spieler ihre Karten offenlegen,
bluten noch unzählige Stunden, von Uhrzeigern
tödlich getroffen, werden noch Massen
von Kaugummis & Beschlüssen & Gängelbändern
durchgekaut & man wird noch oft das Schöne suchen
& finden, daß das Schöne grundlos ist & also
das Schöne dort vermuten, wo Tiefe ist & also
Kerqh nicht weit.

Da der Spruch *Alles fließt* so alt ist wie der Staat an sich, habe ich eine *Oehde an den Staat* verfaßt, von der ich gar nicht leugnen will, daß sie unter dem Eindruck des oben geschilderten Phänomens K. entstanden ist, und mit der ich mich von Ihnen, verehrter Kollege, verabschiede.

Lugendes Biest, rechtsdrehende Kuhkultur!
Wes Stein ich werf, des Wund' ich bind.
Programmierendes, rentenverschüttendes,
waschmittelvermittelndes Terratier Staat
steuernsaugendes Sozialplasma platonisches!

Deine legislative Unverwundbarkeit 0
Deiner Ichbesetztheit Auskunftsdienst 0
Dein Mark Deine Pfennige Deine Kredite 0
Deine Krakelkratie & Deine Polypathie 0

Kursende Mittelmaßermittlerin!
Mein Lachunfall & Marterzwerg!
Meine Strukturdogge mit dem Fäßchen
voller *Underberg*!

der Ölfilm ist der letzte Film & Kerqh weiß: nicht

hinschauen macht die Sache nicht besser

deshalb schlägt Kerqh vor: jeder geht auf Sendung

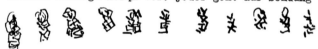

& niemand kehrt zurück an die Börse der Festwerte

6. Aufzeichnung: Dr. Thordock faßt einen Entschluß

Dr. Thordock legt die Papiere beiseite und denkt nach, den Blick zur Zimmerdecke gerichtet, die in fahlgelbes Licht getaucht ist. Schließlich erhebt er sich, legt eine Schallplatte mit Arien aus Opern Verdis auf, sucht die Papiere des Briefes zusammen, steckt sie zurück in den Umschlag, verklebt ihn sauber, nimmt einen Stift, streicht seine Adresse durch und schreibt mit der linken Hand, damit die Schrift nicht als seine eigene identifiziert werden kann, daneben: Empfänger unbekannt.
Am nächsten Morgen wird er diesen Brief in einen Postkasten in der Innenstadt werfen.

Den restlichen Abend bringt er zu mit Vorbereitungen für das, was er sich für die kommenden Tage vorgenommen hat.
Er wühlt im Kleiderschrank, findet einen noch aus seiner Jugendzeit stammenden Trainingsanzug, zieht diesen über, greift nach den alten Basketballschuhen, probiert sie an, stellt fest, daß sie ihm noch passen, und findet schließlich in einer Schublade auch den Campingbeutel.
Seine Vorbereitungen unterbricht er nur einmal, um am Küchentisch etwas in sein Buch zu notieren.

Eintragung:
Wirklichkeit ist Poesie. Poesie ist eine Methode, aus allen Modellen auszusteigen, mit deren Hilfe versucht wird, die Wirklichkeit zu erklären. Vielleicht habe ich, ohne es zu wollen, einen hochkomplexen Vorgang entdeckt, der es möglich macht, über das Bewußtsein gesteuert körpereigne Drogen zu produzieren, die die Wahrnehmung verändern.

Als er nach einer ruhigen Nacht das Haus verläßt, ist die Sonne gerade aufgegangen. Von seinem parkenden Wagen aus bemerkt der Agent, wie die Haustür geöffnet wird und eine Person, gekleidet in einen Trainingsanzug, auf dem Rücken einen rot-weiß-karierten Rucksack, das Gebäude verläßt.
Der Opa hat wohl Wandertag, denkt er bei sich, und empfindet etwas wie Neid, zumal in seinem Beruf nur selten ein Kollege in den Genuß einer Rente kommt. Dann betätigt er sein Diktiergerät und hält fest: „8 Uhr 32 - unbekannte Person verläßt Objekt stadteinwärts".

Den Blick zu den Fenstern der Wohnung seiner Zielperson gerichtet, stöhnt er: Meine Güte, wie lange will mich denn dieser Pilzheini noch hängen lassen.

Dr. Thordock gelangt unerkannt in das Gebäude, in dem er fast täglich verkehrt, verzichtet auf die Benutzung des Liftes und benutzt die Treppe, die in den Keller führt, wo er den Hausmeister sucht, der ihm, nachdem er sich im Labyrinth der Gänge und Wirtschaftsräume fast verirrt hat, schließlich unerwartet aus dem Halbdunkel einer Nische entgegentritt.
Er brauche seine Hilfe, erklärt er dem Mann im blauen Kittel, und zwar handele es sich darum, ein Rednerpult fahrbar zu machen.
Wenn es weiter nichts sei, erwidert der Hausmeister, da müsse er nur ein paar Rollen anschrauben, schon wäre die Sache erledigt, und es sei besser, das sofort zu tun, denn nachher würde im Radio die Aufzeichnung eines Fußballspieles übertragen, das er im Fernsehen verpaßt habe, leider, also er käme gleich zurück und hole nur schnell den Werkzeugkasten.

Beide stehen im Lift und betrachten die elektronische Etagenanzeige.
Hausmeister: Was haben Sie eigentlich vor mit dem Ding? Wollen Sie damit vorfahren wie andere mit nem dicken Wagen?
Thordock: Nicht direkt. Es hat tiefere Gründe. Ich muß in einem bestimmten Zusammenhang demonstrieren, daß nichts wirklich feststeht, denn alle glauben schließlich, ein Rednerpult sei etwas, das feststeht.
Hausmeister: Es ist schon ein Kreuz mit diesem Beruf, nicht, da muß man sich immer etwas Neues einfallen lassen. Versteh schon.

Thordock: Dabei ist das eigentliche Kreuz, daß wir auf einem ziemlich hart gekochten Gravitationsei leben, das wir Erde nennen. Wir nennen es Erde, aber es besteht zu 90% aus anderen Sternen, und der Rest kann auch nicht frankiert werden.
Hausmeister: Chaostheoretiker, hab ich Recht?
Thordock: Nein, Dozent für angewandte Gegenwartsforschung, Fachbereich nonverbale Poesie.
Hausmeister: Meine Güte, das gibt's auch?
Thordock. Tja, das Rektorat muß auf die internationalen Tendenzen im Studienbetrieb reagieren.

Der Lift ist unter dem Dach des Hauses angekommen, beide gehen einen langen Gang geradeaus bis zu einer Metalltür, vor der der Hausmeister seinen Werkzeugkasten absetzt, um den Schlüssel aus seinen Taschen zu kramen. Hinter der Tür stapelt sich ausgemustertes Mobiliar, Lampen, Schauvitrinen, Bilderrahmen. Dazwischen steht auch ein ausgedientes Rednerpult, das der Hausmeister umlegt, um dann mit geübter Hand vier Umlenkrollen an der unteren Fußleiste zu befestigen, wofür er einen farbbekleckerten Akuschrauber benutzt.
Hausmeister: Gesehen? Ruckzuck geht das. (Er stellt das Pult auf, rollte es hin und her) Prima, so muß das sein. Probieren Sie mal.

(Dr. Thordock stellt sich hinter das Pult, schiebt es nach vorn, zur Seite, wieder zu sich, und nickt mit einem zufriedenem Lächeln). Dann nehmen Sie's gleich und testen Sie Ihren neuen Daimler...ich muß hier noch was aufräumen.
Thordock: Danke und schön' Tag noch.

Im Lift fährt Dr. Thordock bis in das Erdgeschoß, schiebt das Pult durch das Foyer, öffnet, ohne anzuhalten, die Flügeltür und tritt hinaus auf den Platz, der wie stets bevölkert ist von Konsumenten, Touristen, ambulanten Händlern und Unterhaltungskünstlern.
Mühelos bahnt sich Dr. Thordock seinen Weg durch die Menge.
Vor einer Pizzeria hält er an und spricht zum ersten Mal frei in der Öffentlichkeit.

Thordock: Wenn wir jetzt und an dieser Stelle feststellen dürfen, meine Damen und Herren, daß wir uns exakt im Jetzt befinden, beschreiben wir auf vereinfachende Weise das Fallengesetz, welches bislang von der Fachwelt geheimgehalten wurde. Die Welt ist voll von Fallen! Kein Wunder, denn der Planet, auf dem wir derzeit leben, ist eine Gravitationsfalle.
Damit Sie diese erschütternde Tatsache ohne Schluckaufbeschwerden bedauern können, empfehle ich Ihnen an dieser Stelle meiner Ausführungen eine kopulative Pause.

Einige Passanten, eine Pizza in der Hand, sind stehen geblieben und betrachten ihn neugierig.
Plötzlich springt der Künstler, als Showmaster verkleidet, in die kleine Ansammlung und ruft:
„Showtime - Quiztime!
Nehmen Bundesbürger: a) Messer
　　　　　　　　　　　b) Gabel oder
　　　　　　　　　　　c) Zyankali?"
Genauso schnell, wie er gesprungen kam, verschwindet der Künstler wieder im Gewimmel, an einer Beantwortung seiner Frage offenbar uninteressiert.

Dr. Thordock schiebt das Pult weiter durch die Fußgängerschutzzone und fährt in seinem ersten freien Vortrag fort:

Thordock: Nun, kehren wir zum Thema unserer heutigen Ratgeberstunde zurück mit frischen Besen: „Das Lallen im Netz" - was ist zu tun? Wir müssen nur einmal aufhören, um uns zu schauen, Ausschau zu halten, irgendeine Absicht zu haben, dann werden wir sofort einsehen, daß wir uns exakt im Hier und Jetzt befinden. Was aber tun wir? Wir sitzen in der Falle und tun so, als ob es uns gefällt.

Erneut wird ihm der Weg versperrt, diesmal von einer jungen Frau in einem schwarzen Body, die sich, als hätte sie das geübt, auf das Pult schwingt, offenbar im Vertrauen darauf, daß Dr. Thordock impulsiv für das Gegengewicht sorgen würde, was zu seiner eigenen Überraschung tatsächlich geschieht.
Im gleichen Augenblick wird die junge Frau, die ihren Oberkörper aufrichtet, von zwei aus dem Nichts auftauchenden Saxophonspielern flankiert, die einen schleppenden Blues intonieren, zu dem sie ihre kräftige, dunkle Gesangsstimme hören läßt:

Frau: Die Wohnung des Herrn war ein Atom
Leider ist er umgezogen
Ich suche ihn, mein Nerz ist schwer
Die Wohnung im Atom ist leer

Einige Passanten applaudieren, andere gehen weiter. Die junge Frau springt vom fahrbaren Pult, wendet sich Dr. Thordock zu, verbeugt sich vor ihm und verschwindet, gefolgt von ihren Gefährten, in der Menge.
Dr. Thordock bahnt sich seinen Weg durch eine Gruppe von jungen Männern in schwarzen Lederjacken und Jeans, von denen er nicht weiß, daß es sich um sogenannte Hütchenspieler, handelt.

Sie beobachten ihn aus den Augenwinkeln und fächeln sich, obwohl es kein ausgesprochen warmer Maitag ist, mit 100-DM-Banknoten Luft zu. Gerade noch kann Dr. Thordock eine Kollision mit einer umgestülpten Obstkiste verhindern, die dem augenblicklichen König der Hütchenspieler als Postament dient, auf dem er mit flinken Fingern eine Zündholzschachtel hin und her schiebt, wobei er wie in Trance immer wieder die gleichen Worte sagt:

Hütchenspieler: ...wo ist jetzt
und wo ist jetzt
hier ist nicht
und hier ist nicht
und wo ist jetzt....

Dr. Thordock will mit einer Entschuldigung abschwenken, als der Künstler im Frack, dessen Kragenaufschläge mit falschen Edelsteinen besetzt sind, in die Gruppe springt und dem jungen Mann mit der Zündholzschachtel ein Mikrofon unter die Nase hält, indem er ruft:
„Playtime - Quiztime! nehmen Eskimos:
 a) den Schneeschieber
 b) die Pille oder
 c) Gastarbeiter?"

Er bekommt keine Antwort; die er aber auch gar nicht erwartet hat, denn er eilt, die finstren Blicke die jungen Männer im Rücken, mit vorgehaltenem Mikrofon weiter.
Auch Dr. Thordock setzt sein Weg fort, der schon nach wenigen Metern von einer Frau gekreuzt wird, die mit eingefrorenem Lächeln einen Besenstil hochhält, an dessen Ende ein Schild mit der Aufschrift
„*Didi rettet*"
befestigt ist. Sie geht außerordentlich langsam und blickt dabei weder nach links noch nach rechts, so daß Dr. Thordock nachgibt und ausweicht, was ihn zwischen einen Bratwurstgrill und den Stand eines mit Geldbörsen handelnden dicken Mannes schwäbischer Zunge geraten läßt. Im Hintergrund des Händlers führen breite Stufen empor zum Eingang eines Warenhauses. Hier bleibt Dr. Thordock erneut stehen, wendet sich um, so daß er die Stufen zum Warenhaus im Rücken hat, und setzt mit fester Stimme seinen freien Vortrag fort:

Thordock: Verehrte Passanten: die meisten von uns haben vielleicht deshalb immer weniger Zeit, weil wir Intelligenz darauf verwenden, die Zeit überwinden zu wollen.
Bei dem Versuch, die Zeit auszuklinken, liefern sich viele selbst ans Messer der Zeit, sprich an die Zeiger, die wir erfunden haben, um die

Zeit messen zu können, um sie zu zerlegen in Minuten, Stunden und Sekunden, genauso wie ein Jäger das Wild zerlegt.
Warum?
Um die Zeit zu kontrollieren, ergo beherrschen zu können.
Ein spitzfindiges Argument, um diese Art von Zeitverschwendung zu rechtfertigen.

Auf den Stufen hinter ihm ist die junge Frau im schwarzen Body aufgetaucht, wiederum flankiert von den beiden Saxophonspielern. Dr. Thordock überragend, postiert sie sich direkt hinter ihm, breitet die Arme aus und richtet ihren Blick zum Spalt Himmel, der über der Straße zu sehen ist, was ihr die beiden Saxophonisten gleichtun. Regungslos stehen sie so, während Dr. Thordock spricht, und es dauert nicht lange, bis die ersten Passanten stehenbleiben, um zu sehen, was die drei Personen hinter dem Redner so offenkundig in den Bann zieht.

Thordock: Laufen nicht fast alle Versuche der Zeitüberwindung auf totalen Zeitverlust hinaus: Zeit ist nur eine Pause zwischen zwei Erfahrungen. Alles löst sich irgendwann auf in der Säure der Zeit.
Die Erfindungen auf der Hinterbühne des mechanistischen Welttheaters dienen nur der Kaschur des Fehlens von Zeit.... Wir leben in einer Welt

der Zahlen - aber Zahlen haben längst ihre Unberechenbarkeit offenbart. Die Räume, die wir schaffen, sind Konservierungsräume für den Augenblick. Wir lassen uns in ihnen nieder, richten uns in ihnen ein, um die Tatsache der Vergänglichkeit zu vergessen.

Da wir aber, wir wissen es doch im Grunde alle, nicht viel gegen die Vergänglichkeit tun können, schaffen wir Werke, die unseren Aufenthalt auf Erden auch nach unserem Ableben manifest erscheinen lassen.

Erwiesenermaßen ist es das Schicksal der meisten Werke, bald nach der Staubwerdung ihrer Schöpfer zu verstauben und als bedeutungsschwere Klamotten im Weg der Nachgeborenen herumzustehen.

Als wären die letzten beiden Worte ein vorher verabredetes Zeichen, springt die junge Frau plötzlich auf Dr. Thordocks Schultern, schlingt ihre Beine um seine Hüften und hält ihm mit beiden Händen die Augen zu, während im selben Moment die beiden Saxophonspieler Richard-Wagners „Walkürenritt"-Thema variieren.

Wir wissen nicht, warum Dr. Thordock still stehen bleibt, ja sogar mit beiden Händen die Füße der Frau auf seinem Rücken festhält. Wir vermuten, er ist selbst gespannt, was nun weiter geschehen wird. Über seinen Kopf hinweg singt die junge Frau:

Frau: Der Trunk der Erkenntnis
wird dir gereicht werden
in deiner windgeschliffnen Schädelschale
zahlen wirst du
mit dem Gold deiner gezähmten Jahre

Die Saxophonspieler beenden ihre Improvisation mit einem Decrescendo, die junge Frau löst die Umklammerung und springt ab, und im Verklingen der letzten Töne aus dem Alt- und dem Baritonsaxophon küßt die Sängerin Dr. Thordock auf die linke, dann auf die rechte Wange.
Passanten, die umherstehen, quittieren den Auftritt der Straßenmusiker mit Applaus, auch werden einige Münzen in Richtung Rednerpult geworfen, von denen manche von der Schreibplatte klimpernd hinüberspringen zum Bratwurststand.
Dr. Thordock schiebt sein Pult langsam weiter, dem allgemeinen Beifall haben sich nun auch die in der Nähe stehenden ambulanten Händler angeschlossen, die, was Dr. Thordock nicht wissen kann, als besonders abgebrühtes und verwöhntes Publikum gelten.
Der Weg führt Dr. Thordock hinaus aus der Fußgängerzone der Innenstadt, er gerät auf einen Radweg, parallel zur vierspurigen Ringstraße.

Der Agent, der keine Gelegenheit zur Präparierung von Manschetten seiner Zielperson gefunden hat, sitzt in seinem vor dem Haus Dr. Thordocks parkenden Wagen in der Annahme, dieser müsse doch irgendwann das Haus verlassen, und im übrigen werde alles so ablaufen, wie in den letzten Tagen, was ihn allmählich den eigenen Dienstplan mit den Zeiten der Auf-und Abtritte seines „durchgedrehten Professors", wie er ihn nennt, verwechseln läßt, eine Folge seiner charaktertypischen Anpassungsfähigkeit an Prinzipien anderer.

Für ein paar Minuten war er eingedämmert, versunken in einen beklemmenden Wachtraum, in dem er sich sitzen sah in einer Art Käfig aus Panzerglas mit einer durchsichtigen Autotür als Zugang. Vor diesem ihm verschlossenen Ausgang hatte ein Wärter gesessen, schnarchend, die Lederstiefel auf der Schreibtischplatte.

Der Wärter, denkt der Agent, als er hochschreckt, sieht diesem Eigenbrötler Thordock ähnlich.

Im Traum hatte er sogar das Schnarchen des Wärters durch das Panzerglas angehört, und dann, aus einer Ferne, das Stampfen wilder Pferde, das näher und näher kam, und beklemmenderweise war auch das Schnarchen immer lauter geworden, bis es abrupt endete, als eine barsche Stimme ihn aus dieser unangenehmen Situation befreite.

Stimme: Geben Sie Ihre Position durch!

Agent: Unverändert X +7.

Stimme: Sind Sie wahnsinnig? Sie sollen unserem Mann folgen! Pennen Sie, Sie Hornochse?

Agent: Nein, überhaupt nicht, Chef, er hat das Haus doch noch gar nicht verlassen, ich versteh wirklich nicht die Aufregung. Schlechte Nacht gehabt?

Stimme: Sie werden eine ganz schlechte Nacht haben, das garantier ich Ihnen. Er hat das Haus nicht verlassen? Nein? Sitzt in seiner Wohnung und studiert Pilzbücher, wie? Und was sagen unsere Biosensoren, Sie Armleuchter? Die sagen uns, daß sich unser Mann auf U +/- 15 befindet!

Agent: Das kann nicht sein, er muß im Haus sein!

Stimme: So? Muß er das? Gehaltskürzung ist Ihnen sicher. Wenn Sie Nachtwächter nicht noch eine Strafversetzung riskieren wollen, dann hängen Sie sich schleunigst an seine Fersen. Und wenn Sie seine Fersen sehn, machen Sie Dampf und schnappen Sie ihn.

Agent: Kidnappen?

Stimme: Und anschließend auf Position A +1 bringen. Wir machen jetzt Schluß mit diesen Mäzchen. Er kriegt einen Dekoder verpaßt, dann werden wir auch erfahren, was er spielt. Kerqh ist doch garantiert eine dieser neuen Drogen. Wollen unser System untergraben. Terroristen. Passen Sie auf: wenn er etwas wegschmeißen will, nehmen Sie's ihm ab.

Und Vorsicht: wir brauchen seinen Kopf, nicht seine ausgeschlagenen Zähne.

Agent: Alles klar, Chef. Ich werd es so arrangieren, daß alle glauben, Dr. Thordock sei entrückt worden.

Stimme: Wird er ja auch. Aber nun: dawai, Herbert! Wenn wir Thordock haben, haben wir auch das verdammte Kerqh.

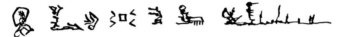

Kerqh vertritt sich selbst in einem Volk von Stellver

tretern & sein Selbst ist ein Volk von Ameisen

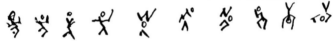

in der Diaspora & zwischen den Pausen ist Kerqh wie

die meisten Zuschauer beschäftigt mit der Umverteilung
täglichen Defizits vom Haupteingang zur Hintertür:
Säcke voll von abgestoßnen Schlangenhäuten

7. und letzte Aufzeichnung: Dr. Thordock wendet sich nach Osten

Wir skizzieren die Ereignisse um Dr. Thordocks Schatten an dieser Stelle etwas ausführlicher, weil sie ein klares Licht auf das Phänomen *Kerqh* werfen.

Wir wollen schildern, nicht interpretieren, aber es sei uns doch der Hinweis gestattet, daß *Kerqh* in einem direkten Zusammenhang steht mit einer morphogenetischen Intelligenz.

Doch betrachten nun wir die weiteren Vorgänge.

Der Agent will seinen Wagen starten, doch offenbar stimmt etwas mit der Zündung nicht.

Vermutlich die Kerzen, denkt er, und steigt aus, öffnet die Motorhaube und überprüft die Kerzen.

Die sind in Ordnung. Also, folgert er, kann es nur die Zylinderkopfdichtung sein, mit der es immer wieder Ärger gibt, nur weil Leute aus seiner Abteilung keine Ahnung von Autos haben und der Sicherheitschef der Meinung ist, daß Spezialwagen wie seiner nicht in einer normalen Werkstatt repariert werden dürften.

Um aber sicher sein zu können, daß seine Diagnose stimmt, braucht er jemanden, der für ihn das Gaspedal betätigt, während er das betreffende Teil prüft.

Er schaut sich in der Straße um nach einer Hilfe und sieht eine Frau im roten Kleid, die sich gerade anschickt, die Seite zu wechseln.

Agent: Hallo! Hallo, Sie! Können Sie mir vielleicht helfen?
Die Frau wendet sich im Gehen, kehrt um, geht in seine Richtung. Erfreut über den Erfolg seines Hilferufes, geht er ihr entgegen und nimmt ihr die Reisetasche aus der Hand mit einem „Sie gestatten, das ist zu freundlich".
Neben ihm einhertrippelnd auf Absätzen, deren Klang ihn an Silber denken läßt, fragt sie, worum es denn ginge, und ob er denn tatsächlich annehme, eine Frau könne ihm helfen.
Mit der Bemerkung, dort sei sie wirklich sicher, stellt der Agent die Reisetasche auf das Dach seines Wagens, auf diese seltsame Weise die Unsicherheit überspielend, die er angesichts der unverhohlenen Neugier empfindet, mit der sie ihn, die Hände in den Manteltaschen, betrachtet.
Frau: So. Nun steht sie da oben sicher. Und nun?
Agent: Sie steigen in's Auto und machen nur das, was ich Ihnen sage, und zwar auf das Gaspedal treten, wenn ich rufe.
Frau: Wohnen Sie in der Gegend hier?
Agent: Nicht direkt.

Die Frau hat ihren beigen Mantel aufgeknöpft, um mehr Bewegungsspielraum zu haben, und Platz genommen hinter dem Steuer. Des Agenten Oberkörper taucht ab hinter der Motorhaube, die ihr den Blick auf die Straße versperrt. Sie lauscht, aber sie hört keinen Ruf. Schließlich taucht er wieder auf, und sie muß unwillkürlich lächeln, als sie das etwas hölzern wirkende Gesicht sieht, dessen hilfloser Ausdruck sie amüsiert. Sie bemerkt, daß er blaue Augen und einen runden Kopf hat, und nickt ihm aufmunternd zu, beide Hände an das Lenkrad legend.
Agent: Ich verstehe das nicht.

Er lehnt sich über die offene Wagentür, um nachzudenken, wobei sein Blick auf das linke, auf dem Gehsteig ruhendes Bein der Frau in seinem allerdings nicht einsatzfähigen Spezialwagen fällt. Ein schlankes, schön geformtes Bein, verhüllt von einem blau schimmernden Strumpf.
Die Stimme der Frau, die ihn fragt, was denn nun sei, ob die Karre wieder laufe, scheint ihm von weit her zu kommen, und ebenso unbestimmbar weit weg klingt ihm seine eigene Stimme, als er sagt, es sei ihm nicht ganz klar. Die Frau bewegt den Zündschlüssel nach rechts, dabei das Flimmern einer roten Lampe beobachtend. Als der Motor, nach einigem Spucken und Stottern, anspringt, gleitet sie mit einer behenden Bewegung vom Fahrersitz, deutet mit der Hand ins Wageninnere und sagt:

Manchmal muß ein Fremder kommen, damit das Vertrauensverhältnis zwischen Mensch und Maschine neu belebt wird.

Brummelnd, daß das nicht sein könne, setzt sich der Agent selbst hinter das Steuer und startet dreimal hintereinander den Wagen, der jedes Mal tadellos funktioniert, was er mit einem anerkennenden Kopfnicken zur Frau auf dem Gehsteig kommentiert.

Agent: (Aussteigend, die Wagentür ins Schloß werfend) 105 wilde Pferde - die können einen schon irritieren, wenn die alle auf einmal nicht ziehen. Entschuldigen Sie - und: danke. Wo wohnen Sie? Darf ich Sie begleiten, sie chauffieren?
Frau: (Deutet auf das Haus gegenüber; es ist das Haus, das der Agent die ganze Zeit observiert hat) Bin schon so gut wie da.
Agent: Dann darf ich Ihnen wenigstens die schwere Tasche bis vor die Wohnungstür tragen.

Die Frau streicht ihren Mantel glatt und meint, ihre Hilfe sei doch selbstverständlich gewesen, sie nehme aber sein Angebot gern an, denn sie hasse es nun einmal, schwere Taschen tragen zu müssen, und wenn er das für sie tun wolle, wäre das für sie tatsächlich eine Erleichterung.

Während sie spricht, ruht ihr Blick auf den breiten Schultern des Mannes, und gleiten dann hinab zu seinen Händen. Einen Augenblick lang betrachtet sie, wie seine Handballen nervös aneinanderreiben, dann fordert sie ihn zum Gehen auf.

Er stemmt die Tasche vom Dach des Autos und folgt ihr über die Straße, mit der freien Hand immer wieder über den Dreitagebart streichend. Im Treppenhaus weht ihm der Geruch ihres Parfums in die Nase, und er fragt sich, ihren federnden Gang bewundern, die Hüften unter dem dünnen Mantel ahnend, wann ihm zum letzten Mal eine Frau von solcher Anziehungskraft begegnet ist. Eine Art Rausch breitet sich in ihm aus, wärmt ihm sanft den Magen, als hätte er einen 15 Jahre alten Whisky getrunken, steigt in ihm empor zum Kopf, der ihm wie im Fieber zu glühen beginnt.

Plötzlich bleibt die Frau vor ihm mit dem Absatz ihrer blauen Schuhe an einer Stufe hängen. Sie gerät ins Stolpern und greift fallend nach dem Geländer, was ihn blitzschnell reagieren läßt: die Tasche landet mit einem dumpfen Ton auf dem Stein, er springt die Stufen empor, kniet neben ihr nieder, will ihr aufhelfen, aber da hat sie sich schon wieder unter Kontrolle, sitzend auf einer Stufe, das Bein anziehend, ihren Knöcheln reibend. Er beugt sich über sie und fragt besorgt, ob es schlimm sei, als er im nächsten Augenblick ihre Arme in seinem muskulösen Nacken und ihren warmen Atem in seinem Gesicht spürt. Entschlossen schiebt er seine Arme unter ihren Rücken und unter ihre Kniekehlen, hebt sie empor und trägt sie über die Stufen.

Agent: Es wird doch wohl nichts gebrochen sein?
Frau: Hoffentlich nicht. Der Schreck ist größer als der Schmerz. Diese Tür dort ist es, lassen Sie mich runter.
Agent: Haben Sie den Wohnungsschlüssel in Ihrer Manteltasche?
Frau: Ja, warum?
Agent: Öffnen Sie die Tür, ich halte Sie solange, und setze Sie dann drinnen so ab, daß nicht noch mehr passiert.
Frau: Sie glauben, ich kann mich nicht selbst auf den Beinen halten?
Agent: Ihr Gewicht ist erhebend, gönnen Sie es mir noch einen Moment.
Frau: Ich habe das Gefühl.... (schiebt den Schlüssel in das Türschloß, dreht ihn zweimal nach rechts, betätigt den Drehgriff und stößt die Tür auf)...Sie wollen mich unbedingt über die Schwelle tragen.
Agent: Nach links?
Frau: Nein, nach da, aber warten Sie....(sie beugt sich aus seinen Armen, um den Lichtschalter zu betätigen), sonst stolpern Sie noch im Dunkel.

Mit einem Stups ihres unverletzten Fußes öffnet sie die Tür, auf die sie sich zubewegt haben. Sie betreten einen Raum, dessen Einrichtung kaum zu erahnen ist, so wenig dringt vom Tageslicht durch die Übergardinen ins Innere. Das Schlafzimmer, durchzuckt es den Agenten, als er im Raum den Geruch ihres Parfums wahrnimmt, der sich hier eingenistet hat wie ein unsichtbares Wesen. Vorsichtig bewegt er sich vorwärts, erkennt schließlich die Umrisse eines Lagers, das, wie er bemerkt, mit Kissen in seidener Wäsche überhäuft ist.
Als er seine Arme zögernd unter ihr, die mit einem Seufzer in das Bett sinkt, fortzieht, sich langsam aufrichtend, hat er das verwirrende Gefühl, das Zimmer zu kennen, vielleicht aus einem Film, wie er sich zu beruhigen versucht.
Einen Moment steht er vor dem Bett, das ein französisches sein muß, und schaut auf die Frau hinab. Die Tasche, hört er ihre Stimme aus dem Dunkel, steht noch im Treppenhaus.

Während der Agent im Treppenhaus nach der Tasche greift, bewegt sich Dr. Thordock mit dem Rednerpult auf Rollen immer weiter weg vom Stadtzentrum. Vor einer Imbißbude, an der Männer unter einer Marlboro-Reklame um runde Plastikstehtische versammelt sind, Büchsenbier trinkend und Zigarettenrauch in die Luft blasend, hält er an und spricht:

Thordock: Wenn wir Tiefdruckgebiete ebenso freudig begrüßen wie Sonnenschein, wenn Rasenmäher und Parkuhren, um nur zwei Beispiele anzuführen, ihren Platz im Museum für kollektiven Surrealismus gefunden haben werden, sind wir der Erlösung von der Sucht nach Suche schon ziemlich nahe. (Die Männer betrachten ihn aus halbwachen Augen, einige prosten ihm zu.) Man wird die Geometrie der Liebe entdecken, obwohl niemand je danach geforscht hat, und dann wird man an allen Imbißbuden Bier und Bratwurst umsonst bekommen, weil sich das Wunder der Unberechenbarkeit ereignet hat.

Das dauert natürlich noch eine Weile (einige Männer murren, andere winken ab), aber bis es soweit ist, sollten wir stets die Wolkenbildung beobachten und gefaßt sein auf das Unfaßbare, damit es uns nicht im entscheidenden Augenblick entgleitet.

Dr. Thordock nickt den Männern zu und schiebt langsam sein Pult weiter.

Zur gleichen Zeit kehrt der Agent zurück in das Zimmer, sieht auf dem Bett die Frau liegen, und erkennt im Halblicht erst beim Näherkommen, daß sie nicht mehr in der Position liegt, wie er sie in die Kissen senkte, sondern auf dem Bauch, noch dazu unbekleidet, wenn er von dem Tuch, das sie zwischen Hüfte und Knie bedeckt, absieht.

Der Agent starrt entgeistert auf einen zierlichen, weiß schimmernden Fuß, der ihm winkt.
Sie sagt, er solle die Tasche irgendwo abstellen und nicht vergessen, den Schlüssel an der Tür abzuziehen.
Wenig später liegt er neben ihr, fühlt ihr schwarzes Haar in der Hand, das ihr über den Rücken fällt, hört es zwischen seinen Fingern knistern. Sie wendet sich ihm zu, schiebt einen Fuß zwischen seine Schenkel, drückt mit dem Knie sanft und rhythmisch gegen seine Brust und flüstert, so daß er es kaum verstehen kann, es ginge ihr nun schon wieder viel besser.

Dr. Thordock hat eine Fußgängerbrücke überquert, die einen Baumarkt mit einem Autohaus verbindet, vorbei an einigen lächelnden Vietnamesen, die aus Plastiktüten preiswerte Zigaretten anbieten. Vor dem Autohaus angekommen, sieht er eine Gruppe von Mechanikern im Blaumann, die einen Radwechsel vornehmen. Er umkreist langsam die Arbeiter und den PKW mit seinem Pult und spricht dabei, von ihnen kein einziges Mal unterbrochen:
Thordock: Blau ist ein Gefängnis für lebenslänglich Begnadigte.
Die Blauen erkennen einander an ihren Unterlassungen und an dem Umstand, daß ihnen jede Blauäugigkeit abgeht.

Sie leben in Häusern mit verschiebbaren Wänden; aber dort schlafen sie nur, wenn sie sprechen. Sie dienen einander, verweigern sich jedoch jedem, der über sie verfügen will.

Zumeist gehen sie einer Arbeit nach, die ihnen vorausgeeilt ist.

Wer sie zu sehen wünscht - obwohl sie nur füreinander sichtbar sind, man müßte also über ihre spezielle Wahrnehmung verfügen, was für einen Nichtblauen schwierig ist - muß zumindest ihr oberstes Gebot kennen und danach handeln. Dieses Gebot verbietet jeglichen Umgang mit der Farbe Blau, denn für die Blauen ist das Blau eine heilige Farbe, und etwas Heiliges darf nicht benutzt werden, da das Heilige das Unberührbare ist. Was ist Blau? Die Farbe des Atmens, denn Atmen ist die natürliche und ursprüngliche Form der Kommunikation. Jeder, der schweigt, hat deshalb auch eine ausgeprägte Wasseraura.

Die Blauen wissen, daß sie die Schlüssel, die sie brauchen, um das irdische Gefängnis verlassen zu können, nur unter der Zunge eines Menschen finden, der nichts verspricht. Aber sie wissen auch, daß jeder Mensch ein Versprecher ist. Und Tote nehmen ihre Zungen mit, nicht die Geburtsurkunde.

Nach dem Liebesakt liegt der Agent auf dem Rücken. Die Frau hat einen Aschenbecher auf seine behaarte Brust gestellt und raucht eine Zigarette, den Kopf auf seinem Bauch.

Agent: Sag mal: bist du verheiratet?
Frau: Ja. Du?
Agent: Nein, schon lange nicht mehr. Glücklich?
Frau: Nein.
Agent: Wer ist der Typ? Wohnt er noch hier?
Frau: Wir leben schon lange nicht mehr zusammen, obwohl wir uns die Wohnung noch teilen.

Unten vor dem Haus schnauzt eine Stimme aus dem Autoradio, die einen jungen Mann, der sonst vielleicht achtlos vorübergeschlendert wäre, aufmerksam werden läßt. Er bleibt stehen, schaut in den leeren Wagen, sieht den Zündschlüssel stecken, vergewissert sich mit einer Kopfbewegung, daß ihn niemand beobachtet. Probiert den Türgriff, öffnet die Wagentür, steigt ein und rast mit wickelnden Reifen davon.

Agent: Was war (er will sich aufrichten, sie drückt ihn zurück, er gibt nach) denn das?
Frau: Ein Verkehrsneurotiker, nichts weiter.
Agent: Na, egal.
Frau: Er ist ein Wissenschaftler, weißt du, aber eben ausgeflippt seit etwa drei Monaten.

Ausgeflipptsein stört mich ja normalerweise nicht, aber mit uns ging es schon seit langem nicht mehr.

Agent: Und wo steckt er jetzt?

Frau: Vermutlich im Wald.

Agent: Im Wald, aha. Pilze sammeln, oder?

Frau: Sicher. Was macht man sonst im Wald?

Agent: Pilze? Im Mai?

Frau: Warum nicht. Der Wald ist doch nur ein Symbol für das Unbewußte, verstehst du.

Agent: Und was ist mit den Pilzen? Auch ein Symbol?

Frau: Ja, für die Grundlagen des Lebens. Aber man kann sie trotzdem essen.

Agent: Ich esse niemals Pilze, ist mir viel zu riskant.

Frau: Ich hab Pilze immer ganz gern gegessen, aber seit ich weiß, wie sie einen Menschen verändern können, kauf ich nicht einmal mehr gezüchtete Champignons.

Agent: Kann er hier vielleicht aufkreuzen? Jetzt, so einfach reinkommen mein ich, vielleicht mit einem Korb voll Pilze, und das Messer obenauf?

Frau: Wenn er käme... (sie kichert)...nein, es wär zu komisch-.

Agent: Wieso?

Frau: Der erkennt doch niemanden mehr, redet Blödsinn.

Weißt du, das ganze fing damit an, daß ich im Bett immer zu ihm sagen mußte „deine Muse fickt dich". Das war noch harmlos, hat mich nur etwas irritiert, aber später gab er mir Texte, die ich auswendig lernen und beim Vögeln hersagen mußte. Er kam nur noch, wenn er bestimmte Worte hörte, die in einer von ihm festgelegten Weise angeordnet waren. Und dann kam irgendwann der Hammer. Eines Morgens nach dem Frühstück hat er mir mitgeteilt, daß er von nun ab alle sexuelle Energie für seine Forschungen brauche und sie transformieren müsse.
Von dem Tag an sind wir getrennt Wege gegangen.
Agent: Verrückt (stellt den Aschenbecher von seiner Brust auf den Fußboden, zieht die Frau auf sich und küßt sie).

Während sich die beiden erneut einander hingeben, schiebt Dr. Thordock sein Pult die Ausfallstraße stadtauswärts.
Bis hierhin ist unser Protokoll lückenlos, allerdings machten sich bereits Übertragungsmängel bemerkbar, verursacht durch die zunehmende Entfernung zwischen Dr. Thordock und unserer zu dem Zeitpunkt noch kaum entwickelten Empfangsstation.
Die folgende Aufzeichnung mußte bereits teilweise rekonstruiert werden, da Dr. Thordock nicht stehen bleibt, als er zu sprechen beginnt. Der Korrektheit halber haben wir unsere Rekonstruktion in Klammer gesetzt.

Wir betonen, daß alle sonst noch publizierten Aufzeichnungen, die Dr. Thordock zugeschrieben werden, nicht aus unserer Quelle stammen.

Thordock: Sinnsucht macht abhängig von Unsinn.
Je süchtiger jemand nach Sinn ist, je mehr (Antworten) er verbraucht, desto unüberwindlicher wird der Berg aus Worthülsen.
Sprache verglüht wie Ikarus (an ihrem Sinn).
Deshalb muß die Sprache auf (Distanz) gehalten werden zum (Sinn), denn der Sinnsüchtige entleert sie. Wenn (Sprache) überhaupt zu etwas taugt, dann zur (mentalen Teleportierung) von Sprachabhängigen in das Paradies (des Unsinns). (Kerqh) hat es mir vorgelebt.
Ist es nicht so, daß diejenigen, die etwas zu sagen haben, immer von dem sprechen, was ihnen versagt geblieben ist, oder was sie glauben, anderen Menschen versagen (zu müssen), speziell (Politiker) und (Schrift-)Steller.

Die Frau ist aus der Küche mit frisch gebrühtem Kaffee zurückgekehrt, stellt das Tablett auf das Bett, umschließt dann mit fünf Fingern sanft das Geschlecht ihres Liebhabers und lächelt.

Frau: Ich hab alles in der Hand.
Agent: Nie wieder... loslassen, kann ich da....nur sagen.

Frau: Ich nehme an, du bleibst.
Agent: Ich hab schon viele Dummheiten in meinem Leben gemacht, aber jetzt fällt mir einfach keine mehr ein.
Frau: Und später auch nicht?
Agent: Willst du mir befehlen?
Frau: Habe ich das nötig? Paß auf, ich werde dir etwas zeigen... (sie rutscht vom Bett und kniet nieder, um etwas, das darunter liegt, hervorzuziehen).
Agent: Was machst du denn da unten?
Frau: Warte....gleich...das wird dich (sie erhebt sich und steht vor ihm, in den Händen eine große rote Schere, fast so groß wie sie selbst) .... anmachen.
Agent: Nein...was ist denn das?!
Frau: Das...(sie lacht) ist sie, die Schere!
Agent: Und warum?....warum? Ich meine - warum so groß?
Frau: Das wirst du (läßt sich laut lachend auf ihn fallen).... bald verstehen.

Wir haben durchaus Verständnis, sollte sich bei dem einen oder anderen Leser Unmut breit machen, wenn wir an dieser Stelle unsere Schilderung abbrechen.

Uns genügt die Tatsache, daß der Agent auf so liebenswürdige Weise umgekippt ist.

Zudem erfährt die Begegnung zwischen Dr. Thordocks Exgattin und dem Exagenten, wie wir ihn hier in klarer Voraussicht der beruflichen Konsequenzen seines Handelns nennen dürfen, einen Umschlag in eine Qualität, für die der Koch unserer geistigen Nahrung noch keine Gewürze auftreiben konnte - kurz: hier beginnt eine andere Geschichte.

Die letzte Rede Dr. Thordocks wurde von einer zuverlässigen Zeugin aufgezeichnet.

Er hielt sie im Gehen, während er sein Pult durch die endlose Doppelreihe parkender Autos, Lastkraftwagen und Busse schob, die alle in einem Stau stecken geblieben waren.

Nach Auskunft der Zeugin trug Dr. Thordock noch immer den uns bekannten Trainingsanzug, seine alten Basketballschuhe und auf dem Rücken den rot-weiß-karierten Rucksack.

Es war der 26. Tag nach dem Erscheinen der Wolke, der Abend des 8. Mai 1992, als sich Dr. Thordock zielstrebig Richtung Osten von der Stadt entfernte, in der er geboren, und aufgewachsen war, und in der er 22 Jahre lang gelebt hatte.

Thordock: Jeder Krieg beginnt im Herzen als ein geistiger Infarkt. Gott ist eine Metapher für das Unvorstellbare, das die Menschen zu allen möglichen Vorstellungen verführt. Wir sollten endlich einsehen, daß Teilung die Grundlage der Gemeinsamkeit ist. Gott selbst mußte sich, um Gott werden zu können, teilen, und zwar in die Wirklichkeit seiner Schöpfung und die Wirklichkeit seiner Geschöpfe. Bingo.